MAIN TENDUE

Un roman de

Yves DUQUESNE

Chapitre 1 : Je m'appelle Diego

J'ai 14 ans. On est en 2001. Ma vie n'a pas été simple. Mon père n'a visiblement jamais cru bon de me reconnaître ni même de me connaître. Ma mère, quant à elle, a accepté l'idée de me côtoyer, mais l'amour maternel fut bien vite dépassé par le besoin de cette drogue dont elle se rendit totalement dépendante. Cette substance prenait bien plus de place que cet enfant bruyant et agaçant. Tellement de place que l'argent nécessaire atteignit vite des sommes que les ménages ne rapportent pas. La prostitution par contre…

Oui, mais aller chez « le client » sans ce bébé que personne ne pouvait garder à ces heures si variables du jour et de la nuit était infaisable. La plupart des témoins ne s'intéressaient pas à la présence d'un si jeune enfant. Seule comptait leur affaire bestiale qui, de surcroît, devait rester discrète. Cette situation aussi grave que traumatisante, au fur et à mesure que les mois passaient, a fini par alerter un « habitué », disons plus scrupuleux ou moins « conciliant » que les autres aux œillères greffées.

Celui-ci a finalement contacté les services sociaux qui ne pouvaient faire autrement que de me séparer de ma mère, sachant pertinemment que la bonne solution n'existe pas, mais que l'urgence ne laissait guère place à l'hésitation. Placement inéluctable en famille d'accueil qui, pour le coup, portait bien son nom. Un simple accompagnement dénué de sentiment ne pouvant convenir à un enfant nécessitant naturellement de l'attention voire même, soyons fou, ce sentiment qu'on appelle de l'affection.

Sans cet affect indispensable, j'ai grandi sans jamais l'insouciance d'un bien-être sécurisant. J'avais l'intime conviction de ne pas être aimé, de ne pas être « aimable », au sens propre. Aussi loin que je me souvienne, j'avais une forme de peur perpétuelle. Le simple fait de me trouver avec des gens dans une même pièce me procurait un sentiment de malaise terrible. Adultes comme enfants, dans les regards et attitudes plus que dans les mots, me rappelaient sans cesse que j'étais différent, pas dans la norme.

Dans le meilleur des cas, je me disais qu'ils me voyaient comme une bête curieuse, mais plus souvent comme une bête dangereuse, à éviter. Rien de ce que je vivais n'était rassurant. Je me sentais juste comme une gêne, un dérangement dans la vie de ces gens qui s'agaçaient, à première vue, dès mon entrée dans une pièce. J'ai perdu pied petit à petit.

Au fil du temps, cette sensation de n'être rien de bon pour personne a évolué. Plus petit, elle me faisait seulement souffrir, vivre un malaise permanent. Cela ne m'a jamais quitté, mais avec les années, j'ai subi en plus le fait de mieux comprendre, ou en tout cas de mieux me comparer aux autres.

Cela a ajouté à ma tristesse un sentiment profond d'injustice, puis de dégoût. Les gens n'avaient jamais aucune volonté à défaut de m'aimer, au moins m'aider, me rassurer. Mes camarades d'école, en effet présents dans ma classe, mais tellement peu camarades avaient de multiples témoignages d'affection de leur famille. Je comparais. Je vivais mal la journée à l'école, mais le pire était l'arrivée le matin et la sortie du soir. Les autres avaient des bisous, des mots, des signes, des sourires. Moi, j'ouvrais la porte d'une voiture, m'y engouffrais, en ressortais pour ouvrir celle de la maison et celle de ma chambre. J'y prenais mon repas du soir et n'en sortais que le lendemain matin pour retrouver la porte de la voiture, un morceau de pain beurré sur le siège, puis l'école et ses élans de tendresse aux autres destinés.

La tristesse, le dégoût et bien sûr, ensuite, la colère, la jalousie. Des adultes, je n'en attendais rien. Les autres enfants, je les voyais comme des ennemis qui me rappelaient, involontairement ou pas, ma condition de solitaire. Cela sans distinction entre les gentils et les méchants. Ils étaient tous, selon moi, ceux qui me tenaient à l'écart. Alors, ces fameux camarades à qui je ne donnais inconsciemment aucune occasion de se rapprocher de moi ont progressivement développé des comportements aggravants.

Par les plus gentils, je fus ignoré, ce qui était déjà bien destructeur pour ce faible pourcentage de moi qui tenait encore debout. Par les autres, je fus moqué, montré du doigt, secoué physiquement et moralement. Les remarques des autres gamins, mes semblables en quelque sorte, ont été les plus grosses blessures. Plus profondes que celles infligées par les adultes. Elles ont également eu pour effet inévitable et incontrôlable de me rendre violent et, plus encore, finalement catalogué comme différent et infréquentable.

Les parents, instituteurs, directeurs ont pris le relais pour me juger, me punir sans s'attarder sur les raisons de mes réactions maladroites et disproportionnées. L'ordre et l'absence de contrariété pour les parents étaient les objectifs quasiment exclusifs de la direction. Un gamin malheureux ne devait en aucun cas remettre cette règle en cause. Pas question de mettre l'institution en péril.

L'objectif ? Une hiérarchie qui constate régulièrement ce calme apparent. La finalité ? Des proches qui ne se plaignent pas, mer d'encre, pas de vague. Le constat ?

Cette politique amenait irrémédiablement les adultes de l'école dans cette unique voie sans issue. Leurs actions et réactions n'allaient que dans ce sens.

Un camarade, ayant sans doute aussi ses problèmes pour avoir tellement besoin de se mettre en avant face au groupe en raillant mes difficultés scolaires grandissantes, a été d'une infinie cruauté verbale envers moi. Celle-ci n'a pas d'équivalent en tant que blessure intérieure et n'a de comparaison que celle de la brutalité physique dont j'ai fait preuve en retour. Une seule de ces deux brutalités a été prise en compte, sévèrement condamnée sous l'œil ravi de ce camarade et de ses parents.

Rien ne me motivait à écouter en classe. Personne ne me poussait à faire mes devoirs. Je ne suivais plus, je sentais les regards extérieurs de plus en plus pesants et malveillants, le mal-être était à son paroxysme. Ne pouvant opposer à ces cruelles réactions que la force physique engendrée et décuplée par la colère, l'absence de peur, le sentiment de n'avoir rien à perdre et de ne faire du mal que pour exorciser le mien. Au moins là-dessus, je me faisais respecter, c'était le seul domaine où certains me regardaient avec une crainte accompagnée d'une certaine admiration. Quelle aubaine !

Dès l'âge de dix ans, je n'acceptais plus aucun signe d'autorité, aussi bienveillant soit-il. Chaque consigne des uns ou des autres me semblait interdiction, toute règle faite pour me nuire, m'empêcher d'avancer, favoriser l'autre. Je ne voyais pas d'autre issue que de m'opposer et d'agir à l'opposé du bon sens pour exister. La rébellion était devenue mon salut, la seule raison valable de me lever le matin avec un autre objectif que celui de me jeter sous un train. Bien sûr, rapidement, mon comportement et mes résultats scolaires m'ont conduit directement vers une école spécialisée.

Je fus diagnostiqué caractériel et placé avec mes semblables, ce qui fut pire que tout. Sur le plan de la violence, c'était la surenchère. Pas question de lâcher ce qui avait été jusqu'alors ma seule façon d'exister aux yeux des autres, de me sentir fort, important. Alors au prix de quelques branlées mémorables, j'ai acté mon courage, le droit d'entrée dans le groupe des caïds. Enfin, un groupe qui m'acceptait, me respectait, au moins en apparence. Il fallait intégrer les codes de ce groupe, lui prouver en toute circonstance son allégeance. Il fallait montrer sa fidélité, sa fierté d'appartenance, quitte à faire n'importe quoi.

Jusque-là, j'étais malheureux, incompris, violent. Malheureux, je crois bien que je le restais, le bonheur n'obéit pas à ces règles, mais pour la première fois j'ai eu les prémices d'un sentiment de quiétude, juste de quiétude, ce qui était énorme. Enfin autre chose qu'un ressenti négatif ! Une impression nouvelle et salvatrice, celle d'être accepté, respecté. Pour que ce sentiment vital ne s'échappe pas, je me suis soumis à tous les rituels, les codes, les modes de vie de mes compagnons de route, aussi mauvais soient-ils.

Autrement dit, je me suis mis à boire, fumer, consommer du shit, à me battre à la moindre occasion comme on défend sa bande, son territoire et surtout son statut. Et puis j'ai commencé à rendre des services, voler, receler, vendre de la drogue. Je suis devenu encore plus incontrôlable. Autant pour les autres que pour moi-même. La notion de bien et de mal était totalement absente du débat, inexistante. Seul comptait un quotidien où je me sentais moins déprimé. Tout cela me semblait presque naturel, je faisais comme les autres, pour les autres, avec les autres. Et pas n'importe quels autres. Les seuls qui m'avaient accepté comme j'étais. Être vaincu, c'est avoir perdu. Moi je n'avais rien à perdre, j'étais donc invincible.

C'est très sournois, mais les quelques adultes qui essaient de te remettre dans le droit chemin sont vite catalogués comme des hypocrites ne souhaitant que la paix sociale. Ils doivent bien justifier leur petit salaire de travailleur social, obtenir quelques résultats pour ne pas le perdre, bref faire illusion pour que le calme de leur petite vie perdure. Mais leur volonté profonde n'est certainement pas louable.

Être aidé d'un adulte a été tellement à la marge dans ma vie, par rapport à l'habitude d'être jugé, disputé, puni, que cela m'a toujours semblé suspect. Ce n'est pas la norme, peu le font, donc il y a forcément une raison malsaine camouflée. Personne n'a jamais rien fait pour moi à part les membres de ma bande. La police, n'en parlons pas ! Je n'en voyais que l'aspect le plus négatif. Celui d'une répression sans limites, sans but autre que celui de te dominer. Pourtant, avec eux j'étais d'accord sur un point qu'ils étaient souvent les premiers à me rappeler. Je n'étais qu'une racaille irrécupérable et malheureusement fier de l'être, à défaut de pouvoir être fier de quoi que ce soit d'autre.

Rien ni personne ne me donnait de raison valable pour faire les choses bien et grandir selon les règles en vigueur. Ma seule façon d'exister était d'aller à l'encontre de l'ordre établi qui, mal présenté, ne m'avait jusqu'alors apporté que haine et malheur. Les premières arrestations arrivèrent, les premières condamnations adaptées à ma minorité. À force d'opposition caractérielle, de fugues, de bagarres contre tout et n'importe qui, avec la peur de rien si ce n'est celle de vivre, ma troisième famille d'accueil ne trouva plus d'équivalence acceptable entre les revenus engendrés par ma personne et les difficultés dues à ma présence chez eux.

Un foyer d'hébergement strict a été déclaré la meilleure option pour mon cas. Il joignait l'utile à l'utile. Il me mettait dans un cadre extrêmement rigoureux destiné à casser un caractère nauséabond et à m'éloigner de ce groupe qui ne pouvait me tirer que vers le bas. Il était évident qu'avec eux j'avais touché le fond, mais que j'aurais inévitablement continué à creuser.

Ce fut le plus difficile moment de mon existence. Pourtant les épisodes délicats, j'y étais plus qu'habitué. Mais celui-là était différent. Je pouvais compter dans ma vie les vrais instants de bonheur sur la main d'ET. Concrètement, je n'en voyais que deux. D'abord, lorsque j'ai croisé le regard d'Émilie alors que j'étais tiré par l'oreille jusqu'au bureau de la directrice pour un acte dont j'ai oublié la teneur. Regard dans lequel j'ai cru percevoir au bas mot de la condescendance, mais peut-être de l'affection, voire même de l'amour. Pourquoi et comment je fus exceptionnellement capable de capter un sentiment positif ? Je l'ignore. Mais en tout cas je n'oublierai jamais. Et puis cette autre fois où Benjamin s'est dénoncé pour nous deux, expliquant faussement que je n'y étais pour rien. Il a pris cher. Ce regard et cet acte, c'est tout !

Brimades et punitions furent les réponses à tous mes actes de souffrance. Elles ne firent qu'accentuer mon mal-être et ma rébellion tous azimuts. J'étais décidé plus que jamais à ne pas me laisser faire, jamais. L'enjeu pour moi était soit lâcher et mourir, soit être en contradiction et continuer à vivre à travers cela. À ma rébellion, là où j'étais, la réponse était à la hauteur. Isolements, punitions, interdictions.

Ce premier foyer m'a laissé un souvenir terrible.

Le directeur, parfaitement secondé d'éducateurs triés sur le volet pour être durs, ne jurait que par la règle. Je dois bien avouer, avec le recul, que quelques-uns de mes congénères ayant décidé de respecter les règles s'en sortaient avec une vie certes dénuée d'intérêt, vide de sens, mais calme et douce. C'était fascinant de voir à quel point on était infantilisés, pris en charge du matin au soir, chaque jour, sans que l'on n'ait aucune initiative à prendre, que ça nous plaise ou non.

Pour certains, c'était reposant, acceptable, ils s'enfermaient dans un assistanat complet et durable pour le meilleur dont ils avaient immédiatement conscience et pour le pire qui leur échappait souvent. Ils seraient donc pris en charge à vie par la société, tels des légumes consentants. Avaient-ils tout compris, manquaient-ils de personnalité ? Je ne sais pas. En tout cas, la mienne était incompatible avec ce fonctionnement. Et cette incompatibilité était réciproque. Les adultes assez niais, mais en même temps plutôt sympathiques avec les soumis, perdaient toute humanité avec « les rebelles ». Ceux-ci devaient par tous les moyens être remis à leur place. Aucune sanction disciplinaire n'était trop dure pour que leur crainte, leur peur soient suffisantes pour obtempérer. Il s'agissait de brimades physiques en tous genres, ou plus encore, psychologiques. L'imagination humaine n'a pas de limite dans ce domaine.

L'humiliation publique était une arme redoutable,

d'autant plus qu'elle nous mettait seul face au groupe qui participait à notre redressement tout en se confortant dans l'idée qu'il valait mieux se tenir à carreau. Dans ce contexte où accepter serait revenu pour moi à mourir, je suis vite devenu l'ennemi public numéro un. Il était de bon ton de me prendre en mauvais exemple, me punir pour le bon exemple tout comme il était de mauvais ton de me fréquenter. Et autant vous dire que peu en avaient le courage.

Je ne faisais rien pour arranger cette situation. Je ne pouvais accepter que l'on me traite de la sorte, alors je ne manquais aucune occasion de contourner les règles. L'engrenage fut infernal, ma vie un enfer, mes tentatives de suicide manquées. L'instinct de survie ou un espoir inconscient d'une vie meilleure m'empêchaient visiblement d'avoir suffisamment de conviction et de courage. Les fugues par contre furent généralement « réussies ».

Dehors, il fallait bien que je me débrouille. Je ressentais très peu de pitié pour les gens en général et les voler avec la violence relative à leur résistance n'était pas un problème. J'étais soulagé de ne plus être dans ce foyer, mais rien ne me rendait spécialement heureux dans le monde sans pitié de la rue. Chaque fois, une bagarre, une défonce mal maîtrisée ou un vol trop audacieux me mettait aux mains de la maréchaussée qui s'empressait de refiler la patate chaude à mes responsables légaux du foyer, qui à leur tour s'empressaient de me faire payer d'avoir osé leur fausser compagnie.

Ma compétence en matière de résistance à l'autorité associée à la limite de patience des foyers m'en ont fait connaître deux avant d'en rejoindre un troisième, duquel je n'attendais rien si ce n'est l'occasion de fuguer le plus vite possible. Ne rien accepter et les faire craquer avant moi étaient les deux seuls fils conducteurs de ma pauvre vie.

Je m'appelle Diego. J'ai dix-huit ans. On est en 2005. Une fois de plus las de moi, on m'a replacé dans un foyer à Blazac. Rien pour moi qui puisse calmer mon envie de mourir et, en attendant cette libération, de rendre au monde tout ce qu'il m'a infligé de si horrible. Je suis arrivé dans ce nouvel enfer imposé le lundi 17 octobre, bien décidé à continuer mon œuvre de destruction générale dans cette nouvelle demeure perçue, au même titre que les autres, comme un lieu ne pouvant me mener qu'à une situation supplémentaire de destruction personnelle…

Chapitre 2 : Je m'appelle Beb

Je suis né en 2002. Tout bébé, c'était marrant. Maman s'occupait de nous nourrir, nous protéger. Parfois elle nous grondait, mais on passait l'essentiel de notre temps à jouer, manger et dormir pour prendre les forces nécessaires aux prochains jeux. On courait, se mordillait entre frères et sœurs, on découvrait le monde, enfin, cette immense et formidable partie du monde qu'était notre jardin. C'était plein de coins, de recoins et chaque jour réservait son lot de surprises. Un animal qui pique par-ci, un orage par-là, une feuille qui tombe, une fleur qui chatouille les coussinets.

Au départ, on était cinq. Puis des gens sont venus avec à chaque fois le même rituel. Ils arrivaient, nous faisaient des câlins, jouaient un peu avec nous, parlaient avec nos maîtres puis repartaient. Parfois seuls, mais pas toujours. Une fois, ils s'en sont allés avec un de mes frères, une autre fois avec ma première sœur. La seconde est partie peu après, et enfin mon dernier frère.

Je me souviens bien de cette fois parce que les gens étaient accompagnés d'une petite fille et que celle-ci m'a pris rapidement dans ses bras. Elle m'a fait des tas de bisous, des caresses. Ses bras me serraient tendrement. Elle les a ensuite tendus vers sa maman tout près de laquelle je me suis retrouvé. À ce moment précis, le papa qui avait mon frère dans les bras le lui a aussi montré. Elle a tourné la tête des deux côtés, l'air embarrassé. Après, ils ont parlé. Mon frère n'était pas rassuré. Lui, si souvent téméraire, il tremblait. Moi pas. Sans doute parce que je ne comprenais rien de la situation et de ce qui était en train de se jouer. Ils ont encore parlé assez longtemps puis se sont avancés vers nous. Les bras se sont tendus à nouveau et la maman a saisi mon frère. Ils sont partis ensemble, mon frère tremblant toujours et la petite fille en pleurs.

Je me suis retrouvé tout seul et je me suis vite ennuyé. Bon, je n'avais maman que pour moi, mais elle était fatiguée. Elle ne jouait pas comme mes frères et sœurs. Après, on a reçu deux visites des gens avec mon frère. Au début, j'ai pensé qu'il revenait, que nous allions pouvoir recommencer nos jeux. Mais j'ai vite compris. La première visite était sans la petite fille. Mon frère avait un superbe collier qu'il portait fièrement, une baballe, un autre jouet, des caresses et des bonbons pour chiens. Il n'arrêtait pas de courir, il avait même le droit d'aboyer. Pour l'autre visite, la petite fille était là. Elle avait clairement séché ses larmes. Des rires bruyants, spontanés et sincères les avaient remplacés. Mon frère, lui, avait toujours autant de joie de vivre, il aboyait plus que jamais pour très facilement convaincre les uns ou les autres de jouer avec lui ou lui glisser une petite friandise discrètement.

Et puis, ils sont finalement définitivement repartis. Mon frère ne demandant pas son reste pour bondir dans la voiture, bien installé à l'arrière avec la petite fille toujours hilare. Contrairement à mon frère, j'ai été un peu triste cette fois-là, mais ça va, je ne me posais pas trop de questions. J'ai bien fait. De toute façon, j'aurais pas eu le temps de gamberger bien longtemps.

À peine quelques jours plus tard, un homme est venu. Il était souriant, mais son premier contact ne m'a rien inspiré de bon. Quand il me saisissait, ça me faisait presque mal, j'étais encore tout petit. Sa voix était rauque et ferme. Ah, sa voix ! Il est reparti un peu plus tard et revenu le lendemain. Avec une dame et un grand garçon. J'avais un peu peur quand j'ai compris que j'allais faire comme les autres, j'allais partir.

Le papa m'a saisi toujours aussi fermement et m'a déposé dans le coffre de la voiture. Un break. Il y avait une cage. Je n'étais jamais allé dans une cage. La route m'a parue interminable. Le garçon se retournait, me regardait en riant fort avec son père. La maman était comme absente.

Enfin, on est arrivé. La porte du coffre s'est ouverte, on m'a saisi plus fermement encore, placé un lourd collier autour du cou, puis à moitié jeté dans un tout petit local avec une serpillière en guise de panier. La porte s'est fermée, noir complet. J'avais faim. Alors, j'ai fait comme mon frère récemment, comme le font les chiens pour s'exprimer tout simplement, j'ai aboyé. La réponse a été très rapide, mais ce ne fut pas celle prévue. La porte s'est ouverte et j'ai commencé à remuer la queue. On m'avait entendu, écouté, sûrement. On allait comprendre qu'on avait oublié la lumière, la nourriture, l'eau, la compagnie, le minimum quoi !

Mais visiblement, la vision des choses était différente chez mon maître. Non satisfait de ne rien me donner de ce que j'espérais, il m'a quand même donné quelque chose. Une tape si forte qu'il était impossible de la qualifier d'amicale. La porte s'est refermée aussi sec sur ses hurlements. Puis plus rien jusqu'au lendemain matin où les gargouillements de mon ventre auraient pu me réveiller si toutefois j'avais pu fermer l'œil.

Mon calvaire a commencé tout de suite. Le premier jour, j'ai eu juste le temps d'avaler une pâtée infâme négligemment jetée dans mon cagibi. Le garçon est venu en criant vers son père puis m'a traîné sans ménagement vers la voiture. Il m'a soulevé par la peau du dos et m'a lancé dans la cage. Comme mon frère, je me suis mis à trembler. La peur n'évite pas le danger, dit-on, mais en ce qui me concerne, contrairement à mon frère, j'avais raison d'avoir peur.

Au fait ! Je suis ce qu'on appelle communément un bâtard. Mon père et ma mère n'appartenaient pas à la même race. D'ailleurs, leurs parents à eux ne devaient pas non plus être particulièrement pures races. Bref, j'étais un chien de plutôt grande taille, doté d'un air qui pouvait ressembler à un air méchant avec une imagination douteuse. Cet aspect général ne m'a pas rendu service. J'avais en effet un profil qui pouvait ressembler à celui d'un chien de garde. Ne restait plus qu'à me rendre agressif.

La voiture a roulé, longtemps, m'a-t-il semblé. Le père au volant, le fils à côté. On avançait à toute vitesse. Je le savais parce que le paysage par les vitres défilait si vite que je n'avais pas le temps de le contempler. Non pas que je souhaitais me délecter du panorama, mais dans l'espoir que le décor m'aide à comprendre. Je ne voulais pas m'allonger, j'étais beaucoup trop nerveux, mais à chaque virage, je perdais l'équilibre et venais me cogner violemment sur les bords métalliques de ma cage. Ça me faisait mal, mais tant pis. Je ne parvenais pas à m'apaiser suffisamment pour me résoudre à me coucher.

Peut-être que ces gens ont réalisé qu'ils n'avaient aucune envie d'avoir un chien, aucune raison de s'encombrer d'un animal auquel ils n'avaient visiblement aucune envie de donner ou recevoir quoi que ce soit d'affectueux. Dans ce cas, ils me ramènent certainement chez moi. Je vais retrouver ma mère et puis ces maîtres qui restaient distants, mais ne me voulaient aucun mal, eux. Allez, calme-toi, tout va bien !

Enfin, la voiture ralentit, s'arrête. Un espoir me gagne. Ma queue remue à toute vitesse, je fais des tours sur moi-même dans la cage, me cognant sur les grilles. Je suis toujours aussi nerveux, mais optimiste. L'impression suivante calme mes ardeurs. Je ne reconnais rien et ça ne peut pas être bon signe. Les deux passagers de la voiture sont partis. Ils ont disparu derrière les premiers arbres qui bordent une petite forêt. Me voilà seul, enfermé dans cette cage, envahi d'une montagne de questions. La voiture était garée dans une petite clairière dans laquelle on trouvait des carcasses de véhicules en tous genres. Au loin, du côté de la forêt où s'étaient engouffrés mes deux propriétaires, j'entendais crier d'autres chiens. Ce genre d'aboiements qui représentent bien plus la colère que la simple envie de saluer les nouveaux arrivants.

Puis les gens sont revenus, non plus à deux, mais à trois. Ce troisième personnage avait un accoutrement bizarre. Une allure lente et pataude. Il avait un bâton dans ce qui ressemblait à des mains emmitouflées dans des gants énormes. Ils s'approchèrent de la voiture et me contemplèrent quelques secondes. L'inconnu échangea encore quelques mots avec les autres puis il partit se poster plus loin dans la clairière. Là, immobile un moment, il finit par faire un signe dans notre direction.

La porte du coffre s'ouvre, mais je sens qu'il est préférable de contenir mes élans. Le père et son fils m'ont déjà clairement fait comprendre qu'ils n'étaient pas du genre à apprécier cela. Pourtant, après celle du coffre, c'est la porte de la cage qui s'ouvre. Que faire ? Comment réagir ?

Les gens se sont chargés de me le faire comprendre. D'abord le père en m'agrippant par le cou et me jetant dehors, puis le fils, en gesticulant comme une marionnette, puis me montrant du doigt la direction du Bibendum en hurlant : « ATTAQUE ! »

« Attaque » ? Ça veut dire quoi ? Que dois-je faire ? J'aimerais comprendre ce que l'on attend de moi, obtempérer pour apaiser cette colère permanente que je perçois chez mes maîtres. Cela pourrait au moins la contenir et par la même occasion les rendre moins durs avec moi. Juste ça, ne plus avoir peur, me faire tout petit et laisser passer le temps, une gamelle chaque jour, un endroit pour dormir, c'est tout ce que je demande.

Oh, bien sûr, même dans ce cas, les souvenirs ne manqueraient pas de meubler les innombrables moments passés seul ! Ceux, joyeux de ma tendre et courte enfance laisseraient vite place aux suivants beaucoup moins agréables qui balayeraient d'un revers de la patte la nostalgie qu'auraient fait naître les premiers.

Mais bon, on n'en est pas là ! Comprendre ce que l'on me commande, l'exécuter et espérer la paix, voilà où nous en sommes. « Attaque ! » Je suis convaincu qu'il y a un rapport avec le Bibendum. M'en approcher, déjà. Je cours vers lui, le rejoins. Voilà, j'y suis. Mais que faire avec lui ? La réponse n'est pas plus claire quand il m'assène le premier coup de bâton, mais le réflexe pour tenter de ne pas en recevoir d'autres est de me soumettre. Rien n'y fait, le bâton s'abat à nouveau.

Dans cette désagréable frénésie, les cris des uns et des autres venant de partout, je n'ai pas remarqué tout de suite mes maîtres accourir pour nous rejoindre. Je les ai aperçus après le quatrième coup de bâton, chacun étant plus violent que le précédent. Puis, je les vois, tout près. S'il vous plait, demandez à ce malade d'arrêter !

Non seulement, ça n'a pas été pas le cas, mais, pire, ils se sont joints à lui pour me rouer de coups. Leur arme à eux, ce sont les pieds. J'évite au maximum ces élans de folie gratuite, mais je reçois pleinement cette déferlante de haine. Un coup sur la patte me fait hurler de douleur. Les agresseurs en ont l'air surpris et l'un d'eux repousse les autres pour arrêter le massacre. J'ais mal partout, mais ma patte est clairement la plus atteinte.

Ils m'ont porté, ouvert le coffre, déposé et nous sommes repartis. Au retour, dans mon cagibi, les douleurs commençent à s'estomper, légèrement. Sauf à la patte. Je gémis, naturellement. Mais pas trop fort, il s'agit plus pour moi d'accompagner la douleur que d'appeler au secours. La nuit est un enfer. Chaque bruit me fait sursauter. Tard dans la nuit, seul l'épuisement total a réussi à appeler le sommeil salvateur. Mais il n'est parvenu à me gagner que quelques minutes. Le cauchemar horrible qui s'en est suivi m'a bien vite réveillé et la douleur s'est immédiatement rappelée à mon mauvais souvenir.

La lumière est passée sous la porte. La nuit atroce est finie. Un jour aussi prometteur lui prend la place. La porte s'ouvre. Le fils s'approche et, sans l'ombre d'un signe de compassion, prend ma patte, sans précaution. Mon seul calmant était de la laisser immobile tant bien que mal. Là, c'est une décharge abominable qui me fait à nouveau hurler sans aucune capacité de retenue.

Il est parti en râlant. Au loin, la voix de son père. Elle s'approche. Il passe la tête, me regarde avec une absence de pitié égale à celle de son fils, puis disparait à son tour. Chaque minute me parait une éternité.

Mon collier, le coffre et on repart. Au même endroit ? Je serai incapable de courir, pas même de poser la patte. Ça va déclencher une colère plus forte encore. Je vais mourir. Mais, non ! Je remarque vite que l'on ne prend pas le même chemin. Où pouvent-ils m'emmener ? Chez moi ? Oh, oui ! Mais non ! Près d'une grande maison.

Ils m'ont porté avec beaucoup plus d'attention. Nous avons été rejoints sur le perron de cette belle demeure par un monsieur avec une blouse blanche. Ils ont parlé. Je ne reconnaissais pas la voix de mes bourreaux. Elle était devenue toute douce. Nous sommes rentrés et je me suis retrouvé sur une grande table. Mon odorat m'indiquait qu'un paquet d'animaux différents étaient passés par là récemment.

Le monsieur à la blouse s'est approché. J'ai fermé les yeux. Mais pas de coup. Les yeux rouverts, je l'ai vu saisir délicatement ma patte meurtrie. Il me parlait doucement. J'avais très mal, mais j'en acceptais l'augure, cet homme n'avait, sans aucun doute, aucune envie de m'en faire plus.

Il m'a fait une piqûre. Quel soulagement ! Puis m'a immobilisé la patte. Je me sentais comme libéré. J'avais l'impression de revivre, mais pour combien de temps ? Une longue conversation s'en est suivie entre les deux tarés et mon bienfaiteur. Cela avait l'air animé. Des gestes d'agacement et de défiance se sont joints à la parole. Monsieur, je vous en supplie, ne me laissez pas repartir avec eux !

Mais si ! Coffre, retour en enfer. Une fois dans le véhicule, comme par magie, les voix des deux dégénérés ont retrouvé leur tonalité naturelle. Celle qui fait peur. Mais ma foi, les trois semaines qui ont suivi ont été conformes à mon peu exigeant souhait. Seul, un peu affamé, mais plus maltraité. Ça n'a pas duré plus longtemps que le minimum du protocole médical ne le réclamait.

Un beau jour, enfin un jour… disons un sale jour, il y a eu à nouveau un remue-ménage qui n'annonçait rien de bon. En fait, rien n'annonçait jamais rien de bon, mais certaines choses pouvaient annoncer du mauvais, du très mauvais, même. En effet, dans le coffre, j'avais cette fois reconnu la route. Je devinais la suite. Terreur. L'horreur d'une situation que l'on connaissait, atroce, et sur laquelle on n'avait aucun moyen d'action. Subir.

À moins que la fuite… Je n'ai pas eu le loisir d'y réfléchir longtemps et comme pour anticiper toute velléité de rébellion, ils ont choisi de me rouer de coups avant l'ordre. La douleur peut donner de l'ardeur, de la rage, mais à ce point, elle a plutôt une capacité très efficace à anéantir chez moi toute volonté, aussi forte soit-elle.

Alors, au son insignifiant de : « attaque », je n'ai eu d'autre choix que d'essayer d'obéir et de convaincre, mais l'échec a été à la hauteur de mon incompréhension. Total. Les coups n'ont pas manqué de tomber de toute part. Cette fois, je n'ai eu aucune fracture, mais les douleurs étaient immenses. Physiques et psychologiques. Pourquoi ? Qu'ai-je fait pour mériter autant de haine ? Que va-t-il m'arriver ? Jusqu'où peuvent aller autant de souffrances ?

Je n'y suis plus retourné. Je suis resté dans mon cagibi. J'y ai uriné, déféqué pour le peu que mon estomac recevait de nourriture. Les seules visites du père ou du fils n'étaient que pour me battre. La fois où ils sont venus à deux, riant, canette à la main, j'ai bien cru que mon vœu le plus cher allait se réaliser, mourir. J'ai bien perdu connaissance, mais je suis revenu à moi. Combien de temps a duré cet enfer, je ne saurais le dire.

Et puis, un matin, attrapé par la peau des os, ils m'ont jeté dans le coffre. Ah, non ! Pas ce maudit coffre ! On a roulé. Cette fois, je n'avais même plus la force d'essayer de voir dehors, tirer des conclusions sur la destination. Je me laissais juste porter, le désespoir à son paroxysme. La voiture s'est stoppée. Le coffre s'est ouvert et on m'a mis debout sur les pattes. Elles me portaient à peine. La laisse tirait très fort sur mon cou, j'essayais de suivre, mais j'étais bien trop faible. Alors ces imbéciles tiraient et tiraient encore sur la laisse. À un moment, j'ai senti le sang couler le long de mon cou. Provoquée par la vue de celui-ci, la crise de fou rire de l'homme et de son fils a démarré.

Oui, ils étaient venus à deux pour assister à ce merveilleux spectacle. Immanquable ! Un animal à demi mort finalement ligoté à un arbre, vous regardant vous éloigner avec toute la détresse du monde dans les yeux. Immanquable, je vous dis ! Les derniers sons que j'ai entendus furent ces rires auxquels il est impossible de trouver un sens commun et qui pourtant étaient spontanés, sincères et trahissaient un vrai bien-être malsain. Ils passaient visiblement ce que l'on appelle un bon moment.

Chapitre 2 : Je m'appelle Beb

Je m'appelle Beb. J'ais même pas un an. Un dernier mot me vient alors à l'esprit. Adieu !

À qui ? À quoi ? À quand ? À Dieu ? Quelle drôle d'expression !

Chapitre 3 : Je m'appelle Jules

Oh ! Qui peut bien sonner à cette heure ? J'ouvre. Éric est planté devant la porte.

— Salut, Jules !

Ces deux mots amplifient mon insupportable mal de crâne.

— Oh, pas trop fort ! Parle moins fort, Éric, s'il te plait !

Rien qu'en voyant ma tête, il comprend.

— Ah, d'accord ! Tu n'es pas rentré direct hier !

Pourtant, la règle est simple, claire. Et la plupart du temps, je la respecte, enfin à peu près. Là, ça a dérapé. Je suis tombé dans un beau traquenard. Bon, ça arrive parfois, ce n'est pas grave et puis pour le peu que je me souvienne, on s'est bien marré. Faut dire que la fête avec les potes, j'adore. On s'éclate vraiment. On est parfois nombreux, je m'entends et m'amuse avec tout le monde.

Mais trois de mes fréquentations sont bien plus que de simples potes, ce sont de vrais amis. Après, les critères d'une grande amitié peuvent différer, mais selon les miens, je n'ai aucun doute. Ce sont des amis sur lesquels j'ai toujours pu compter. On a toujours été là les uns pour les autres, on ne s'est jamais refusé un coup de main. On s'est toujours soutenu dans les moments plus difficiles. C'était naturel, on avait les mêmes valeurs, la même idée de ce à quoi pouvait ressembler la vie idéale, comment l'organiser au mieux. Bref on se comprenait et s'entendait tellement bien que c'était un vrai bonheur de se côtoyer au quotidien. En plus, et ça ne gâchait rien, on se marrait comme des fous. On passait beaucoup de moments à quatre, mais on aimait aussi sortir, voir des gens. J'adorais passer du temps avec eux. Être ensemble, avec Corinne, Julien et Éric.

Mais par rapport à notre goût pour la fête, vu notre façon de voir la vie, il fallait fixer des règles. On l'a vite compris, on s'est attelé à les mettre en place et à les respecter au maximum. C'est simple, le principe du bonheur selon nous, du moins tant qu'on était de jeunes célibataires, c'était d'avoir un petit boulot peinard, mais que l'on faisait sérieusement, et à côté, respecter une forme de trilogie. Faire du sport, faire la fête et ce qu'on appelait « groslarder ».

Bon, pour le sport, c'est clair ! On faisait du foot à

un bon niveau amateur avec un investissement louable. Concernant le « groslardage », c'était une activité qui consistait à n'avoir aucune activité particulière. Ne rien faire, de préférence affalé sur un bon gros canapé, avec des chips. Enfin, en tout cas, sans aucune activité physique, ça c'est très clair, et éventuellement une légère activité intellectuelle la moins sérieuse possible. Refaire le monde de manière totalement utopique, regarder un film, le plus con possible, écouter de la musique ou tout simplement bavarder sur tout et rien, sont des exemples de ce que pouvait représenter une bonne séance de « groslardage ».

Par contre, pas de politique. Jamais de politique ! Fut un temps, après-guerre, où les hommes politiques jouaient un rôle primordial. Chaque pays devait se reconstruire, faire le choix crucial du capitalisme ou du communisme. Et même si finalement aucun des deux n'a abouti à grand-chose de bon, le monde se divisait en deux. Il fallait réfléchir, choisir son camp, recréer des démocraties dignes de ce nom. Il y avait au fond, une société à mettre en place. Maintenant, ça n'a plus rien à voir. Le monde est dirigé par de grands patrons, des banquiers. Ceux qui possèdent, décident. Les politiciens ne servent plus qu'à ponctionner et redistribuer l'argent et accessoirement à créer des petites lois sur des sujets secondaires de notre société. Même s'ils s'en cachent avec l'aval des journalistes continuant à faire de la politique l'acteur principal de leurs choux gras. Ce sont souvent les sbires de ceux qui dirigent réellement, tapis dans l'ombre. En plus, sous couvert de l'intérêt général, ils ne pensent, pour la plupart, qu'à leur petite carrière personnelle, à leurs petits pouvoirs et à leur porte-monnaie, avec des procédés pas toujours très louables, le mensonge facile. Selon nous, il vaut mieux mettre tout le monde dans le même sac, quitte à y enfermer une petite minorité qui ne mérite pas d'y être, plutôt que de laisser le sac ouvert et voir la majorité de ceux qui devraient s'y trouver, s'en extraire, s'en sortir facilement et continuer librement leur parcours nauséabond. Dans notre esprit, c'est ni le sac à moitié vide ni à moitié plein, mais le sac bien fermé. C'est notre avis à tous les quatre, alors la politique, c'était tabou, on en était venu à bout.

Concernant la fête, pas de drogue dure, un joint de temps en temps. Et il y avait inévitablement une sous-règle afin de respecter une trilogie équilibrée et une forme acceptable au boulot et au foot. Il était vivement déconseillé de se mettre minable, donc préférable de voir venir et éviter les traquenards. Boire avec une certaine modération même si ce n'est pas le mot le plus adapté lors d'une fête. Bref, être un tantinet raisonnable !

Bon là, c'était raté.

— Qu'est-ce que t'as foutu hier ?

— Ben, je ne sais plus trop.

— Attends. Je te chope une petite aspirine et je te

rafraîchis la mémoire.

— Ne parle pas de chope !

Ouais ! Elles en avaient bien besoin, ma tête de l'aspirine, et ma mémoire d'un sacré rafraîchissement.

— Bon, on était chez Bouli (un bar où l'on avait nos petites habitudes). On en est partis, genre « demain on se lève tôt ». Moi, je suis monté dans ma voiture, toi t'as discuté près de la tienne avec Corinne.

— Ah ouais, ça me revient maintenant ! Elle m'a proposé de passer chez Nico boire un dernier verre. Mais je crois que chez Nico, y'avait pas mal de monde, et chemin faisant, discutant à droite à gauche, le dernier verre s'est vite transformé en verres de trop.

— J'appelle Corinne ! Allo, Corinne ? Ouais, c'est Éric, ça roule ?

— …

— Ah ouais, quand même ! Eh, ben je comprends mieux ! Ouais, toi aussi ! Bisous, à toute !

Et il a raccroché, hilare.

— Bon, ben mon pote, j'ai l'honneur de t'annoncer que c'est Nico lui-même qui t'as ramené, à cinq heures cinquante, pour être précis. Que t'as perdu un pari et que tu dois embrasser le cul du prochain flic que tu croises. Il m'a dit aussi qu'il ne faut pas que t'oublies de passer chez Ikea lui racheter la lampe que t'as cassée et enfin que les léopards courent plus vite que les autruches. Bon là, j'ai pas bien compris. Tu verras avec eux.

— Ouais !

— En attendant, magne-toi ! On a rendez-vous au stade dans vingt minutes.

— Vingt minutes ?

Ce match contre l'AS Marquettes restera plus dans ma mémoire que la soirée de la veille. D'accord, ils étaient pas mal au classement, mais en prendre six, en retard sur tous les ballons, vomir à la mi-temps, puis retour du mal de tête sous la douche, question sport j'avais connu mieux ! C'est pour ça qu'il y a des règles. Pas de traquenard. Surtout une veille de match. Par contre, la séance de « groslardage » de l'après-midi a été mémorable. Corinne, ricanant sans cesse, racontait mes exploits de la veille. Je n'ai pas tout entendu et c'est peut-être pas plus mal, car le « groslardage » s'est vite transformé en énorme sieste. Bon je vous avoue, les soirées suivantes, ont été plus calmes.

Je parlais de boulot, sérieux, mais tranquille. Pour ma part, je suis animateur sportif à mi-temps. Le petit pécule du foot et l'absence de loyer à payer me permettent de ne pas chercher spécialement à remplir davantage mon emploi du temps professionnel. Financièrement, ça passe facilement. Merci maman !

Son idée depuis toujours à maman, c'est qu'elle doit aider ses enfants à démarrer dans la vie. Elle n'a pas gagné des mille et des cent, mais c'est quelqu'un qui a économisé petit à petit. Elle a géré son budget et n'est jamais tombée dans le piège de la société de surconsommation. Pour ses enfants, mais pas seulement. Elle ne comprend pas pourquoi autant de gens vivent en achetant très cher des choses dont ils n'ont pas besoin, et ce, avec de l'argent qu'ils n'ont pas, le tout en faisant un mal immense à cette planète qui nous héberge. Elle était écolo de manière intelligente et réfléchie, et sa priorité c'était ses enfants. Ah oui, c'est sûr, ses fringues, nos fringues, notre voiture, nos téléphones portables n'étaient jamais dernier cri, rarement à la mode et ça faisait un peu jaser autour de nous.

Inutile de vous dire que la plupart des camarades qui faisaient quelques remarques, qui se moquaient à l'occasion, sont aujourd'hui à fond au turbin, loyer à la clef, crédits à honorer. Il est rare que je les recroise sans qu'ils se plaignent de leur « pouvoir d'achat », grand mot dont je n'ai jamais compris le sens profond, de leurs conditions de travail qu'ils ne peuvent améliorer devant l'urgence des fins de mois sans cesse renouvelée. La plupart d'entre eux reconduisent avec soin le mode de non-gestion de leurs parents, très fiers d'un autre concept qui m'échappe, leur belle voiture « pas très chère », juste 380 € par mois.

Bref, maman a fait attention pour nous aux dépenses non indispensables. Le coiffeur et les magasins de fringues ne nous voyaient pas beaucoup. On prenait facilement le vélo, on avait une petite télé, jamais de téléphone dernier cri, des jeux d'occasion. On ne s'est privé de rien, contrairement à ce que certains pensent. On s'est seulement passé de toutes sortes de choses matérielles qui ne nous ont jamais manqué, sans lesquelles on ne s'est jamais sentis moins heureux, si ce n'est en grandissant, désolé de constater le regard des autres qui pouvait être légèrement embarrassant.

Au-delà de ça, on se chauffait raisonnablement, un bon pull sur le dos, on ne laissait pas une lumière allumée derrière nous. On réfléchissait à nos dépenses, on fréquentait le moins possible les grandes surfaces. Bref, on gérait sans jamais manquer de rien. À Noël, aux anniversaires, on avait quelques cadeaux, mais sans idée précise, on préférait souvent faire grossir nos livrets pour « plus tard ».

Ces efforts, qui n'en ont que le nom, portent bien plus leur fruit qu'on ne l'imagine. Pour maman, avec un salaire moyen autour des 2000 €, économiser pour nous 300 € par mois grâce à notre façon de vivre et consommer était une moyenne. Les gains générés par la « générosité familiale », celle des grands-parents, oncles, tantes, parrains et marraines, s'élevaient également aux alentours de 300 €, mais par an cette fois-ci.

Je ne vous vois plus. Eh oh ! Vous êtes partis ? Ah oui, vous n'avez pu vous empêcher de faire une pause afin de vous consacrer à un petit calcul ? Très bonne initiative ! Faisons-le ensemble !

Alors, nous avions 300 x 12 = 3 600 € venant de maman. Plus 300 € venant de la famille = 3 900 € sur une année.

Selon mon projet initial. J'envisage de partir de chez moi pour un autre chez-moi vers vingt-trois ans.

Ce qui nous fera 3600 fois 23 = 82 800, arrondis allègrement à 84 000, tenant compte de l'incroyable générosité de la banque à laquelle nous avons eu l'audace de confier nos économies, malgré d'importants frais dont, soit dit en passant, on est toujours en train de se demander la logique et la justification.

Ah, oui ! J'oubliais de vous préciser… Maman, des enfants, elle en a eu deux. Bon, ben ça représentait 42 000 € chacun.

Pour ma part, je commence à gagner des sous à l'âge de vingt et un ans. 700 € pour mon mi-temps d'éducateur, 400 € pour jouer au foot. C'est bizarre à ce niveau-là, correct, mais en principe amateur. Après, on me les propose, je les prends. Chez maman, pendant les deux premières années, habitué à ne pas consommer bêtement, j'ajouterai 16 000 € à mes économies.

Avec ce budget, je me trouverai un petit « deux pièces » bien sympathique. Pas de garage, pas de jardin, pas de chambre d'ami, mais pas de crédit. Ça change la vie ! Avec mon petit salaire, je m'en sortirai tranquille, j'économiserai même à nouveau. Je n'aurai aucun stress et dans l'idée, j'avoue que pour les quelques prochaines années, je ne chercherai vraisemblablement pas trop à compléter mon mi-temps, mais plutôt à utiliser ces plages horaires libres pour profiter de la vie et de ma jeunesse pas éternelle.

Mais pourquoi je vous raconte tout ça ? Ben simplement pour vous dire que grâce à maman, aux habitudes de vie et de gestion qu'elle nous a inculquées, j'ai l'impression qu'il ne pourra rien m'arriver de grave, matériellement, dans ma vie. Plus tard, je revendrai mon appart, ajouterai mes nouvelles économies, et j'achèterai cash un plus grand habitat dont j'aurai besoin, espérons-le, avec une chérie et des projets. Mes « non-crédits » deviendront toujours mes nouvelles économies.

Mais bon je ne vous ai que trop saoulé avec ces notifications purement chiffrées, revenons plutôt à ma petite vie tranquille.

Lors de nos mémorables séances de « groslardage », notre communication pouvait prendre différentes formes. Elles pouvaient être à l'opposé les unes des autres, passer d'un silence complice à un bavardage léger, d'une discussion banale à une réforme en profondeur du monde dans lequel on vit. Mais les plus beaux « groslardages », c'est quand on se dévoile. Quand on se parle à cœur ouvert de nos vies, nos ressentis.

Ce jour-là, lendemain de cette cuite dont je vous parlais, juste après ma sieste, on a dévoilé nos plus belles sensations amoureuses. Chacun leur tour, les volontaires se sont exprimés. Ce fut le mien. Je n'ai pas hésité. Oh, bien sûr, ils connaissaient l'histoire, mais pas dans le détail. J'ai ressenti ce jour-là un fort besoin de la leur raconter à nouveau, de me la rappeler aussi :

Vous vous souvenez de cette comédie dramatique, « Le meilleur du pire » ? L'histoire de cet ado qui glisse irrémédiablement vers la délinquance. Il y a de l'espoir parfois, notamment quand sa copine essaie de le raisonner. Des craintes souvent, surtout quand ses mauvaises fréquentations le tirent vers le bas. J'avais quinze ans. On en parlait beaucoup de ce film, on avait tous très envie de le voir. En fait, je l'ai revu plus tard, plusieurs fois même. Mais ce jour-là, je n'étais pas très concentré. Mon frère m'avait bien dit qu'il venait avec sa copine. Elle, je l'avais déjà vue. Plus belle que gentille, que rigolote, que charmante. Mais l'autre, sa sœur, c'était pas prévu. D'accord, elle aussi était plus belle que charmante, que... mais je ne m'attendais pas à la rencontrer. J'ai été surpris en arrivant, un peu intimidé au moment des présentations. Remarquez, après un laps de temps un peu gênant, où je ne savais pas trop quoi dire, comment me comporter, où mettre mes mains qu'il fallait bien sortir de mes poches, j'ai assez vite ressenti un sentiment de bien-être. Je crois que mon cœur battait plus vite que d'ordinaire, mais ça avait un côté plutôt agréable. Le film est passé vite. Après, je n'avais qu'une crainte, rentrer tout de suite. Ça aurait été pénible de juste se dire au revoir et tourner les talons. J'avais tellement envie de prolonger ce moment. Au cinéma, j'étais assis à côté d'elle. Oh, pas par hasard ! Même si j'avais tout fait pour que ça y ressemble. Fallait bien que je laisse passer mon frère, sa copine, Hélène et puis la petite sœur, Sophie. Galanterie oblige. Bon, m'installant en dernier, je me retrouve « fatalement » près d'elle. On est un peu serrés au cinéma. Les coudes, les mains, les genoux ne sont jamais loin de ceux et celles du voisin, ou de la voisine. Cette présence, là, toute proche, tu la sens en permanence. Le léger contact, furtif, tu le souhaites et le crains à la fois. Toute la séance. Il n'y a que ça dans ton esprit. Ton cœur bat à cent à l'heure. Le film, tu le vois à peine. Par contre, tu t'en fais plein d'autres dans ta tête. C'est plus un drame, c'est la plus belle des comédies romantiques. Alors, bien sûr, quel soulagement quand Hélène a proposé d'aller boire un verre ! Il n'y avait plus cette promiscuité salvatrice, mais les regards, les sourires un peu gênés qui l'avaient remplacée étaient fort agréables eux aussi. On se parlait assez facilement tous les quatre. Elle me parlait. Gentiment. Elle s'intéressait à moi, me posait des questions basiques sur ma vie. De celles que l'on pose inévitablement en premier quand on se connaît si peu. Mais ça me paraissait tout sauf monotone, et bizarrement, j'avais de la répartie. Je me sentais à l'aise. Surtout après cette question dont je ne me souviens plus à laquelle j'ai eu une réponse un peu originale et rigolote, qui a elle aussi déserté ma mémoire. Elle a ri. Son sourire franc m'a procuré le plus grand bonheur du monde. Je me sentais heureux et fier avec le sentiment d'avoir réussi quelque chose de formidable. La faire rire, un exploit inattendu qui ouvrait toutes les portes du possible. On se parlait beaucoup, se souriait plus, s'intéressait l'un à l'autre. Elle, je ne savais pas, mais moi, j'avais l'impression qu'il y avait nous deux et rien d'autre, rien autour, que nous étions seuls au monde. On faisait connaissance et chaque mot, chaque phrase prononcée par elle me donnait plus encore l'impression de tomber fou amoureux. Le moindre truc qu'elle me disait, même le plus banal, me confortait dans l'idée que c'était obligatoirement la fille la plus formidable du monde. Et de loin ! Va savoir, peut-être qu'elle aussi, elle est heureuse de m'avoir rencontré ! Je suis jeune. Quinze ans. Mais des petites copines j'en ai déjà eu plusieurs. Ça m'a chaque fois apporté des sensations super agréables. Sauf quand elles m'expliquaient que c'était fini parce qu'elles ne voulaient plus de copains pour l'instant et que trois jours plus tard je les voyais faire des bisous à un autre. Mais quand même, c'était bien. Là, rien à voir. Incomparable ! Ça prenait dans mon esprit des dimensions jamais approchées, et que même je n'envisageais pas. J'étais tellement bien ! J'aurais voulu que ce moment ne s'arrête jamais. Alors quand Hélène a regardé sa sœur, j'ai pris peur. Quand elle lui a dit qu'il était temps de rentrer, j'ai presque ressenti une douleur, un coup de poignard. J'ai immédiatement, instinctivement tourné le regard vers Sophie. Il m'a semblé qu'elle aussi avait mauvaise mine. Son air déçu m'a donné du baume au cœur. On s'est levé, on a payé, on est sorti. On s'est approché d'un arrêt de bus, j'étais dans un état second. Les grands se sont parlé, on a commencé à se faire les bises et bisous d'au revoir. Sophie s'est approchée de moi, a tendu la joue droite. Rien n'était prévu. Une fois la première bise effectuée, nos visages se sont croisés et avant la deuxième et dernière bise, je lui ai glissé à l'oreille :

— J'espère qu'on pourra se revoir !

Et j'ai « claqué » le bisou le plus doux et affectueux de mon répertoire.

— Moi aussi, appelle-moi !

Après ça, comme dirait l'autre, je pouvais mourir. Le plus tard possible, mais quoi qu'il m'arrive à partir de maintenant, j'aurai connu ce qu'est le bonheur suprême, la joie absolue, le nirvana. Et on s'est revu. Très vite. Je n'ai eu aucun mal à me procurer son numéro de téléphone, pas trop peur d'appeler, et le plaisir intense de la retrouver. On était jeunes, on était beaux et on est tombés fous amoureux l'un de l'autre. Les deux années suivantes, aux côtés de Sophie, ont été les plus belles de ma vie.

Et puis on a pris une décision que peu ont comprise, peut-être même personne. Pas vous en tout cas, mais je vous comprends. Décision très forte, douloureuse, mais nécessaire, indispensable, nous semblait-il. On a choisi de ne plus être un couple pour une durée indéterminée, de devenir amis. On s'est dit que si on ne vivait pas notre vie, notre jeunesse, nos expériences, on irait droit dans le mur. On était persuadés que si on restait ensemble, un jour ou l'autre on serait rattrapés par ce besoin de vivre d'autres choses. Pour donner le maximum de chance à notre couple de se reformer plus tard, dans les meilleures conditions, cette fois pour durer, on a choisi de faire une pause, une évolution de notre relation en amitié. C'est vrai que c'est bizarre, très bizarre. On a toujours gardé une complicité absolue. On se voit tout le temps, on échange sur tout, « cul et chemise ». On est chacun le confident privilégié de l'autre, sauf sur les histoires de cœur, évidemment. On fait des rencontres chacun de son côté dont on s'épargne tout et pas seulement les détails. Chaque fois qu'on est témoin de gestes d'affections d'un ou d'une autre, c'est terriblement douloureux. On se le dit, on y fait attention. On prend drôlement soin l'un de l'autre. Tout ça, vous le savez ! Sophie, c'est devenu une amie à vous aussi. Mais ça me fait plaisir de vous expliquer notre rencontre.

Je savais bien que je leur avais raconté cette histoire au moins trois fois déjà. Ils ne me l'ont pas fait remarquer. Ils ont été sympas ou peut-être même que ça leur fait plaisir à eux aussi de réentendre cette histoire. Ce soir-là, j'en suis resté là. Les potes et mon frère m'ont donné leur avis, immuable. Sophie et moi, on était libres de nos choix, mais on était faits l'un pour l'autre. Je ne le dirai pas, ça, je le garde pour moi, mais je sais qu'ils ont raison. C'est comme une évidence.

Avec mon frère, on s'est toujours super bien entendu. Franchement, j'ai plein de souvenirs depuis qu'on est tout petits. Que des bons ! Oh, à certains moments j'avais mes potes, lui les siens, mais on a vécu plein de trucs ensemble. Avec d'autres ou que lui et moi, ou à quatre. On a fait les quatre cents coups. Et au-delà de cette formidable relation de fraternité, on partage un truc en plus. Ce n'est un secret pour personne.

En fait, si je fais le point, je vis dans le nord de la France et j'y suis bien. On est en 1999, j'ai vingt-deux ans. Je suis éducateur sportif et j'aime ce métier. Au foot, je suis le petit champion du coin et ce n'est pas désagréable. Je fais la fête, j'ai mon appartement, ma voiture, une belle vie. J'ai pour projet à court et moyen terme de ne surtout rien changer. Et pourtant…

Chapitre 4 : Je m'appelle Béné

Je ne vis plus ici. « Ici », c'est là où mes parents et mes grands-parents sont nés, là où ils ont vécu, où ils sont morts. C'est fascinant les « racines ». Les premières années d'une vie sont tellement importantes dans notre construction que l'endroit où elles se passent ne peut être anodin. Il est fatalement marqué pour toujours dans notre conscient et plus sûrement encore, dans notre subconscient.

Mais, plus tard, pour un tas de raisons différentes, cet endroit peut devenir pour certains un lieu à fuir absolument et définitivement. Pour d'autres, un lieu dont il faut s'éloigner pour mieux y revenir et pour d'autres encore, un lieu duquel il est quasi impossible de partir, duquel il est inconcevable de se départir. Un peu comme si les choses en place faisaient partie de la vie qui deviendrait sans elles, incolore, inodore, sans saveur.

Ce besoin de voir ces vallons, chaque jour, retrouver la place du village, refaire pour la millième fois cette promenade qu'aucune autre n'égale, même pas celles d'un paysage magnifique et inattendu que l'on découvre pour la première fois.

Je fus de cette catégorie profondément attachée à ses racines et totalement détachée de l'idée de vivre ailleurs. Je ne sais pas trop où situer ma vie sur l'échelle du bonheur, mais une chose est certaine, elle n'aurait pas été plus sereine et agréable ailleurs. Vivre ici fut pour moi un vrai plaisir. Cette notion d'appartenance à une terre, un village, une région a véritablement donné un sens à ma vie. Et pourtant, vous avouerez que donner un sens à sa vie n'est pas une mince affaire.

Oh, c'est vrai, je n'ai pas connu beaucoup d'autres endroits, d'autres modes de vie, ce qui est toujours enrichissant. Mais en contrepartie, quand on parle de racines, je sais ce qu'il en est. Pour moi, c'est tout simplement un besoin. Ma région, mon terroir, ses décors, ses saisons, ça me connaît. La mentalité des gens ici est à part, mais là aussi, pour le meilleur et pour le pire. Je la comprends parfois, la respecte souvent et l'adopte toujours. Avoir cet attachement si fort à un endroit, moi ça me convient. J'ai vécu heureuse ici.

Je croisais chaque jour, il y a peu encore, tous mes

souvenirs les plus lointains. Je revivais régulièrement tous ces moments de petite fille, ces jeux avec Cathie mon amie de toujours, restée ici jusqu'au bout. Nos grands-parents se connaissaient, nos parents étaient amis. On m'a raconté qu'on était nées à deux jours d'intervalle et qu'à notre première rencontre dans la chambre voisine de la maternité, j'avais une heure quarante-deux précisément. Et puis Cathie, à soixante-dix-huit ans, elle est morte, devant moi, avec ce même dernier sourire que le premier dont je me souvienne. Ah, on a eu le temps de le voir changer le village, pas toujours en mal ! On en a même gagné des combats. Certains semblaient futiles, d'autres ont évité de voir l'endroit transformé en décharge nucléaire ou en aéroport.

Et puis, il y a eu Albert. Faut pas croire ! Cathie, elle l'avait vu la première dans ce bal dont je pourrais vous décrire chaque minute au détail près, jusqu'à la bagarre finale où Albert avait exprimé virilement son mécontentement de voir cette façon trop insistante, selon lui, de Léon de nous « draguer », Cathie et moi. Les manières inappropriées de Léon ont reçu un écho tout aussi appuyé du poing d'Albert. « Un peu de respect pour ces demoiselles ! » a-t-il eu le temps de crier avant d'esquiver de justesse la réponse de Léon. Mais ce loupé du droit a été suivi d'une réussite du gauche qui a fait vaciller Albert. Celui-ci a répliqué, mais les adeptes des méthodes pacifiques ont maîtrisé les protagonistes, sous les cris du maire et du garde forestier, premiers à ne pas vouloir abréger cette fête dont les recettes étaient nécessaires à la mise en place des projets du village.

Il a fallu courir, échapper à la colère du maire et sa clique, furieux que la fête du village ait été finalement gâchée et raccourcie par ces jeunes « blousons noirs ». Ah, on a rigolé ! Pour une rencontre, c'était une rencontre ! Dans notre fuite, on a emmené Cathie, Nicole, une autre chère amie, et Noël, acolyte habituel et historique des bêtises d'Albert qui ne pouvait être considéré autrement que complice même si pour le coup il n'était pour rien dans l'affaire. Tous les cinq, on a passé à cette occasion, la première d'une multitude de nuits blanches consacrées à refaire le monde, rire, bavarder sans relâche. Bref, être infiniment bien ensemble ! Simplement.

La jeunesse, la bande, chaque recoin de nos aventures, tout n'est que bons souvenirs. Les moins bons, le cerveau s'est chargé de les faire disparaître. Et puis, avec Albert, on s'est marié. On était intimement persuadé qu'on s'aimerait et se protègerait toute la vie. On a eu un enfant, le plus beau et chouette du monde. La nature n'a pas choisi de nous laisser en avoir un second, c'est comme ça. On a vécu simplement, mais heureux. On n'a jamais manqué de rien.

Bien entendu, concernant notre vie, il fallait aimer une certaine routine. Une seule petite école, un seul arrêt de bus pour aller à la seule ville qui existait aux alentours. Un seul petit troquet, un seul maire, sans cesse réélu, un seul accent. Mais dans le même temps, une multitude de couleurs, la campagne, les monts et rivières accessibles. La nature, ça, c'était à l'infini. Les levers et couchers de soleil n'étaient jamais les mêmes.

Alors, on a été bien. Albert travaillait dur, mais tout le temps qu'il nous restait, on le passait ensemble. On a regardé notre enfant grandir. On a partagé avec lui tant de choses, tous les plaisirs et la gaîté d'une campagne tant de fois arpentée, dans une quiétude et une sécurité que seul un tel endroit peut proposer.

Et puis nous avions notre petite maison. On avait encore à cette époque la possibilité de devenir propriétaire avec peu de revenus. On a acheté une ruine. On était encore qu'à deux, et avec les amis, on l'a retapée doucement, progressivement. Dès qu'on avait un peu de sous, on achetait du matériel, on appelait les copains, on passait les journées du week-end à bricoler, et les soirées à faire la fête. Le beau et grand jardin faisait office de terrain de jeu, de lieu de veillées avec son petit potager, ses quelques arbres fruitiers.

L'été, on profitait du soleil. L'automne, le puits se remplissait, on coupait et rentrait le bois. L'hiver, on faisait des veillées interminables devant la cheminée. Au printemps, on s'occupait du jardin. On bricolait toutes saisons confondues, la maison devenait belle et agréable comme celles de quelques amis qu'on a retapées aussi tous réunis.

Et puis, les amis et nous, on a eu nos gamins, ils

ont grandi ensemble dans cette atmosphère agréable et sécurisante. La vie suivait son cours, rien ne nous donnait envie de nous plaindre. Bien au contraire, la plupart des instants de notre vie étaient appréciés à leur juste valeur, c'est-à-dire pleinement. Tout passait très vite.

Et puis, il y eut ce moment. Comment le décrire ? Un moment classique, insignifiant, habituel. Le moment typique du quotidien. Je me souviens parfaitement, je faisais la cuisine. Des nouilles sursautaient dans l'eau bouillante, un oignon m'ayant fait couler quelques larmes, crépitait en fines lamelles dans une poêle. Un morceau de Dutronc passait à la radio sur la station habituelle, celle qui accompagnait mon quotidien, comme d'habitude. Aucun moment ne pouvait être plus normal, plus basique, plus banal.

Le téléphone a sonné. Le temps de m'essuyer les mains, faire le court chemin jusqu'à l'appareil en chantonnant, j'ai décroché. Une voie glaciale, éraillée, glauque prend la peine de vérifier que je suis bien la bonne personne, celle à laquelle il faut apprendre que son fils unique vient de se tuer dans « un accident de la route », selon le terme employé.

Je me souviens, c'était *Je retourne ma veste*, le morceau de Dutronc. Mais quand je me suis écroulée par terre, il était terminé. C'était *Toujours sur la ligne blanche* de Bashung qui avait pris la suite.

Le passage du monde des normalités à celui de l'horreur absolue est d'une telle brutalité, d'une telle soudaineté que les heures qui suivent nous plongent dans un état second. Horrible ! Mais pas autant que celui où la nouvelle reste « fraîche » et que l'esprit a trouvé la capacité à se reprendre un peu. Le moment où l'on réalise pleinement l'étendue du désastre.

Des jours, des semaines, des mois, je reste inconsolable, mais la vie continue. J'en prends petit à petit conscience et parviens tant bien que mal à en accepter l'augure. Vivre encore et ne pas faire que subir devient possible, puis presque un objectif. Albert, lui, ce chemin, il ne l'a jamais pris. L'a-t-il vu, mais refusé de l'emprunter ? Ne l'a-t-il jamais aperçu ? Je ne sais pas. Mais dans tous les cas, ce jour-là, j'ai perdu mon enfant et mon mari en même temps. Albert, dans sa tête et dans son cœur, est mort avec son fils. Rien ni personne n'aurait pu y faire.

Le corps a suivi les directives de l'esprit. Sévère dépression, dénutrition, insomnies, cancer, d'abord localisé puis vite généralisé. Albert, comme il me l'a dit dans un dernier sourire forcé, a « rejoint notre fils » moins d'un an après l'accident. Pourvu qu'il ait raison, que ce soit vrai ! Que cette fin de vie horrible lui ait, au moins, donné l'opportunité de retrouvailles avec lui. Cette réunion après la mort, j'ai envie d'y croire.

Moi, j'ai vécu l'enfer, la culpabilité, illogique, mais

incontournable, la solitude. Nos amis me quittaient à leur tour, un par un. Oh, pas qu'ils me laissaient tomber, mais ils partaient, eux aussi, rejoindre leurs aïeux. Petit à petit, je me suis retrouvée seule. Ma santé en avait pris un coup, mais au fil du temps, je découvrais que j'avais comme un instinct de vie, une force de survie. Même si je n'ai jamais été convaincue qu'il s'agisse bien d'une force et pas plutôt d'une faiblesse. Est-ce légitime de vouloir continuer sans les deux êtres les plus chers de sa vie ? Cette question ne me laissait pas de répit, me trottait perpétuellement dans la tête.

Quand j'étais bébé, on m'a baptisée. Petite fille je suis allée à l'église. J'ai fait ma communion. Après, j'ai grandi, j'ai vécu, j'ai réfléchi. Ma foi a pris du plomb dans l'aile, je ne pratiquais plus. Il était devenu clair que l'on ignorait tout de la raison de notre présence sur terre, qu'on ne savait rien de l'après. Expliquer des choses aussi compliquées de manière aussi basique ne me semblait pas sérieux. Nous proposer l'idée naïve qu'un dieu a créé tout ça nous envoie des messagers, veille sur nous, nous attend dans l'au-delà et qu'il vaut mieux avoir été sage pour qu'il nous propose une place « sympa » là-haut, me paraît tellement simpliste.

Après, je n'avais rien de mieux à proposer, mais accepter notre ignorance totale sur le sujet me semblait le plus raisonnable. On appelle ça être athée, c'est comme ça que je me définissais. Mais là, veiller sur nous ? Veiller sur qui ? Ma conscience religieuse a encore évolué, ou plutôt dévalué. J'en suis arrivée à la conclusion qu'il n'y avait que trois possibilités. La première, Dieu n'existe pas. La seconde, il existe, mais il est totalement dépassé. Il voit ce qui se passe ici-bas, ne peut pas nous aider. Il s'en mord les doigts. Et enfin, la dernière solution, il existe, a les moyens d'agir sur nos vies et dans ce cas, c'est le plus beau salaud de l'univers. La dernière est effrayante, la seconde à peine moins, alors je garde la première. C'est quand même largement la plus probable et sans doute la moins déprimante.

J'avais perdu beaucoup, presque tout. Il me restait mon chez-moi. Au sens étroit comme au sens large. Ma maison, mais aussi mon village, mes racines. C'est ça qui me faisait tenir. Le fait que malgré tout, j'étais chez moi. La nature ne s'arrêtait pas de vivre, la flore de repousser. Les saisons ne cessaient de se remplacer, la nuit de tomber et le jour de lui succéder. Le cycle ne s'interrompt pas, rien ne peut le stopper. Je le suis, contre vents et marées. Ici.

Une chute, perte de connaissance, camion de pompiers, séjour à l'hôpital, le temps de me retaper. Puis une autre perte d'équilibre, mais avec, cette fois-ci, un bras cassé. Hôpital à nouveau. Sauf que cette fois, on m'a bien précisé que je ne rentrerais plus à la maison.

Pour ma sécurité, « pour mon bien » soi-disant.

Je m'appelle Béné. Bon, en fait Bénédicte, mais on ne me nomme jamais comme ça. On est en 2002, j'ai quatre-vingt-trois ans. Une place est disponible, loin, je suis morte à mon tour. Mes proches, mon village, ma maison, mes racines, c'en est trop ! Me voilà arrivée au bout de mes résistances. Mes deux amours, je serai bientôt toute à vous…

Chapitre 5 : Pas de rappel !

Nous sommes en 2003. Le vieil homme se promenait, comme souvent dans le coin. Il n'habitait pas très loin. Il ne se passait rien de spécial lors de ces balades, c'est bien pour ça qu'il les appréciait tant. Ce jour-là, au détour d'un chemin si souvent emprunté, il lui sembla entendre comme un léger gémissement.

Bah ! C'est sans doute un petit animal sauvage ou le vent, voire mon imagination se dit le promeneur. Cela venait d'un peu plus loin, sur sa droite. Il fallait quitter le chemin, s'engager dans un sous-bois, mais en s'avançant légèrement, le bruit devint de plus en plus diffus. Il tendit toutefois l'oreille une dernière fois, mais n'entendit plus rien.

Alors, il continua son chemin et tranquillement, comme d'habitude, quitta le bois, longea son orée, parvint à la clairière, rejoignit le lac. Il en fit le tour, chassant involontairement les grenouilles qui en sautant dans l'eau faisaient un ballet qui ne cessait d'amuser le vieil homme. Puis, dans le champ du retour, ce furent perdrix et faisans qui dérangés, s'envolèrent sous ses pieds. Première habitation, l'aboiement des chiens de la ferme voisine, et juste derrière, sa maison.

Mais au fait, se dit-il en entendant ces bruyants voisins, les gémissements tout à l'heure, c'était peut-être un chien ? Ça pouvait y ressembler. Mais que ferait-il ici ? Serait-il blessé ? C'est quand même peu vraisemblable. Y retourner maintenant pour en avoir le cœur net ? C'est pas tout près et puis il y a neuf chances sur dix d'y aller pour rien. Finalement, c'est une balade quotidienne et si un animal en détresse s'y trouve, il ne sera pas trop tard demain matin pour lui porter secours.

Cela lui parut être la décision la plus sage. Il passa la journée aux occupations habituelles et le lendemain, il partit tôt refaire sa balade, dans l'autre sens qu'à son habitude, afin de revenir plus tôt à l'endroit d'où les éventuels bruits d'animaux avaient été décelés la veille. Il y arriva vite, tendit à nouveau une oreille puis l'autre, ne sachant trop quelle confiance il pouvait encore faire à chacune de ses esgourdes.

Rien ! Un petit détour, plus enfoncé dans le bois, à l'aide d'un bâton pouvant repousser ronces et orties. Rien ! Il se permit même une sorte d'appel au hasard. Rien ! Alors, persuadé d'avoir été victime de ses vieilles oreilles, il se remit en route.

Chapitre 5 : Pas de rappel !

J'ai faim, j'ai froid, j'ai mal, j'ai soif, j'ai peur. Depuis combien de temps suis-je ici ? Pourquoi m'avoir attaché à cet arbre ? Oh, je me doute bien que de la part de mes maîtres, ça ne peut rien présager de bon ! Rien n'a jamais été positif depuis que je vis chez eux. Une nouvelle brimade sans doute ! Une idée sadique de punition sans raison, dont seuls sont capables des gens cinglés, incapables de tenir compte d'une énorme souffrance infligée gratuitement. Le comble étant qu'ils en retirent même un plaisir malsain.

Ces agissements paraissent fous, mais ils ne sont en fait pas si marginaux. S'amuser, prendre plaisir à infliger d'énormes souffrances, du stress, et finalement donner la mort n'est-elle pas l'activité dont jouissent l'ensemble des chasseurs, des amateurs de tauromachie ou plus banalement et indirectement les consommateurs de foie gras ? Cela concerne finalement des millions de personnes qui, à des degrés divers, ne se bilent pas beaucoup du bien-être animal. Êtres sensibles ? Aux bas mots, on s'en fout, au pire on se délecte de leur souffrance. Ils étaient de ceux-là. De la frange la plus cruelle d'entre eux.

Ah, j'entends bien un bruit ! Quelqu'un arrive ! Mes gémissements sortent instinctivement. Mais à bout de force et finalement persuadé que le bruit ne peut venir que de mes maîtres sans doute revenus mettre fin à cette sentence, je me suis tu, à moitié évanoui. Quelle que soit la raison de leur retour, je ne suis pas pressé de les retrouver malgré mon état où le pronostic vital doit être sérieusement engagé. Arrivera ce qui arrivera. Puis, plus rien. Je n'ai d'autre choix que d'accepter mon sort. Attendre et mourir. Fataliste.

Ah, foutue campagne ! Mais qu'est-ce que je fous là ? Foutu GPS ! Il me fait entrer de plus en plus dans la cambrousse. Il ne peut quand même pas m'emmener sur ce chemin pavé ? Ce village ne peut se trouver par-là ? De toute façon, il n'y a même plus de route ! Et comment je vais faire demi-tour ici, moi ?

Il me fallait analyser la situation. Et puis me calmer aussi. Je suis donc descendue de ma voiture, une petite 206 grise. Cul-de-sac. Fossés de chaque côté, je vais m'amuser, moi ! Allons voir un peu plus loin s'il n'y a pas un endroit plus large pour faire demi-tour ! Non, rien à faire ! Mais, malgré tout, ces fleurs sont très jolies. Après tout, je ne suis plus à un quart d'heure près. Voyons voir un peu plus loin s'il n'y en a pas d'autres !

Ah, si ! Il y en a même beaucoup. Et puis celles-là, à l'entrée de la forêt, elles sont splendides aussi. À ce moment, je me retourne vers la voiture. Il ne s'agit pas non plus de me perdre en batifolant dans la nature. Et là, encore une de ces fleurs magnifiques. Allez, je ramasse encore celle-là derrière l'arbre, et je reviens à la voiture. J'ai rendez-vous quand même !

Derrière l'arbre en question, je m'attendais au magnifique spectacle d'une flore s'épanouissant dans la nature, il n'en fut rien. À la place, des fleurs écrasées sous le corps immobile d'un chien allongé sur le côté. Face à la surprise et l'horreur de cette découverte, j'ai perdu mon souffle quelques instants. J'ai fait un gros effort, j'ai repris une petite partie de mes esprits et je me suis appuyée à l'arbre. Ma main s'est posée sur une matière qui ne ressemblait pas à de l'écorce. J'ai sursauté, retiré ma main par réflexe comme s'il pouvait s'agir d'un serpent ou autre créature de la sorte n'ayant pas du tout envie que je la dérange.

Puis, mon regard s'est tourné vers l'arbre et son étrange accessoire. C'était une laisse. À sa vue, j'ai immédiatement compris. Cette pauvre bête avait été lâchement abandonnée ici, et elle en était morte. Vraisemblablement à petit feu avec toutes les souffrances que ça implique. J'en avais froid dans le dos. Mais maintenant, que faire du cadavre ? L'abandonner ici et laisser la nature faire son œuvre ? Pas que je sois très croyante, mais j'avais quand même envie de préparer un petit endroit, comme une sépulture, pour y laisser le chien.

Je me suis éloignée de quelques pas et j'ai installé un amas de feuilles et quelques branches en sanglotant. Puis je me suis approchée de l'animal pour le prendre et le déplacer vers ce qu'on pourrait appeler son cercueil.

Ça me faisait mal de toucher et porter le chien ne fut-ce que sur cette courte distance, mais j'avais l'impression de devoir le faire, pour lui, pour moi. Une dernière petite attention positive après le calvaire qu'il a dû vivre, je lui dois bien ça. Alors, mon courage à deux mains, je me suis penchée et au premier contact avec lui, le choc a été brutal. Il a bougé…

Il est vivant ! Vu son état général, c'est à peine croyable. Vite ! Pas de temps à perdre ! Je soulève l'animal le plus délicatement possible malgré une nervosité énorme. Puis instinctivement, je m'approche de mon véhicule. Comment ouvrir le coffre ? Il faut le reposer. Cette démarche me parait insupportable. Je sens bien que le moindre choc pourrait lui être fatal.

Doucement. Voilà ! Maintenant, ouvrir le coffre, reprendre le chien et l'y déposer. Délicatement. Ah, du sang ! Tant pis ! Vite ! Finalement, dans l'urgence, le demi-tour m'a semblé moins périlleux que prévu. Mes roues avant et arrière ont pourtant dû dangereusement frôler ces profonds fossés dans lesquels je n'ose même pas imaginer ce qu'aurait provoqué une chute de la voiture.

Je roule maintenant. Vers où ? Je ne sais pas, mais de toute façon je n'ai aucun autre choix de direction pour le moment. Au carrefour, je me dis que venant de la gauche, logiquement la destination ne peut être qu'à droite. Je m'engage, la route est fluide. J'accélère doucement, progressivement pour augmenter au maximum les chances de cette pauvre bête de se retrouver vivante quand j'arriverai.

Mais où ? Quand ? Le GPS cherchait ses cartes inlassablement. La panique devenait envahissante quand j'ai enfin aperçu le panneau annonçant mon entrée dans le village. Là, plus de doute, dans un tel endroit, la place du village, la mairie, mon rendez-vous seraient faciles à trouver.

Mais le maire serait-il encore présent ? Même avec cette petite heure de retard ? On verra bien, avançons ! Le centre du village est en effet vite et facilement atteint. Sur le seul bâtiment susceptible d'être le bon était bien indiqué « Mairie ». Je n'ai pas eu le courage de faire un détour vers le coffre, j'ai foncé vers l'entrée.

J'y trouve une cloche semblant tout droit sortie d'un film sans âge et un écriteau contenant la formule : « Ouvert », puis dessous, une autre : « Sonnez et entrez ». Je sonne, j'entre. Un bureau d'accueil est bien présent, fourni de quelques dossiers, mais personne derrière. Seulement une chaise à roulettes vide.

J'entends une porte s'ouvrir à l'étage, puis claquer, et l'escalier en vieux bois se met à grincer. Une silhouette apparaît. Un monsieur en costume. Il ne peut s'agir que de lui.

— Monsieur Marton ? j'ai demandé d'une voix presque suppliante.

— Oui, tout à fait !

Je n'ai, à ce moment, même pas pris le temps de me présenter ni de m'excuser de mon retard.

— Je me suis perdue. Je suis passée par la forêt qui borde le village. J'ai trouvé un chien en mauvais état attaché à un arbre. Il est dans mon coffre.

— Oh, vite ! Votre voiture est devant ? Je vous suis.

Le maire a ouvert lui-même dès que, à nouveau terrifiée, je lui ai indiqué de la main de quelle voiture il s'agissait. Il a eu un mouvement de recul, mais l'homme était visiblement volontaire. Il a sorti son téléphone, composé un numéro. Au bout du fil, un certain monsieur Signat, sommé de venir d'urgence. Le maire a raccroché.

Il m'a regardé d'un air triste et a précisé :

— Monsieur Signat est vétérinaire. Il n'a plus de travail. Le cabinet dans lequel il travaillait a fermé et il ne se résigne pas à quitter le village pour retrouver un emploi.

Je ne sais pas pourquoi le maire me donnait autant de détails à cet instant. Sans doute pour meubler.

— Il arrive tout de suite. Sa maison n'est qu'à quelques centaines de mètres.

En effet, la Kangoo rouge est apparue bien vite, en trombe. Le vétérinaire est sorti du véhicule, a ouvert la porte arrière, a pris une grande trousse sur le siège et s'est approché à grands pas.

— Alors ? a-t-il dit en serrant rapidement la main du maire.

— C'est par ici !

Monsieur Signat n'a pas pris la peine de me saluer. Il est passé devant moi et s'est penché vers le coffre.

— Oh, ce n'est pas vrai ! Ce n'est pas possible. Je ne peux rien faire ici. Il faut que je l'emmène.

Et sans plus attendre, il a pris le chien, seul, visiblement habitué à cet exercice. Il l'a déposé à l'arrière de la Kangoo, a remis la trousse de soin à ses côtés, a lancé à la cantonade un rapide :

— Je vous tiens au courant !

Et le véhicule a disparu aussi vite qu'il était arrivé.

Un lourd silence est rapidement revenu. Un moment d'hésitation, un flou généralisé puis le maire s'est tourné vers moi d'un air désolé :

— Je crois que pour l'instant, nous ne pouvons rien faire de plus. Je vous propose de vous recevoir à la mairie, boire un petit café pour nous remettre de nos émotions. Si le cœur vous en dit, on pourra ensuite évoquer l'autre sujet qui nous concerne.

C'est ce que nous avons fait. Dans un premier temps, le silence a régné, puis le bruit de la machine à café l'a remplacé. J'ai ensuite pris la parole pour donner au maire les précisions de cette lugubre découverte. Nous nous sommes apitoyés. Nous n'avions, ni lui ni moi, montré beaucoup d'enthousiasme pour aborder le sujet à l'origine de ma visite, mais nous en avons quand même discuté brièvement. Nous avions, malgré tout, la tête ailleurs et à la fin de notre court entretien, le maire m'a proposé de passer prendre des nouvelles du chien chez monsieur Signat.

J'ai acquiescé, ravie et inquiète de cette idée. Nous nous sommes rendus chez le vétérinaire à peu près quarante-cinq minutes après mon arrivée mouvementée. Monsieur Signat nous a fait entrer, sans un regard pour moi, et il nous a indiqué d'une voix grave :

— Selon moi, cette pauvre bête a moins de 50 % de chances de s'en sortir. La blessure au cou n'est que superficielle, les autres plaies sont moches, mais pas mortelles. Par contre, la malnutrition et surtout la déshydratation ! Cela doit faire plusieurs jours qu'il n'a rien mangé, rien bu. J'ai pu lui administrer quelques soins pour que les plaies ne s'infectent pas. Je lui ai donné un peu d'eau avec une seringue. Il la garde, c'est une bonne nouvelle. Mais je dois l'abreuver progressivement, trop d'un coup serait dangereux. Manger, ce serait éventuellement dans un deuxième temps, s'il survit. Voilà ce que je peux vous dire pour l'instant. Il faut attendre.

— Merci ! Merci beaucoup monsieur ! Mais comment allons-nous faire ? Je dois retourner chez moi, à moins que je reste un peu ?

La réponse a été cinglante. Le vétérinaire donnait l'air de m'en vouloir, comme s'il m'assimilait à la souffrance de cet animal. Il m'a alors regardée froidement, et il a dit :

— Non, ça ne sert à rien de rester. En plus, il n'y a aucun hôtel dans ce trou. Non, je vous propose de le garder, tout faire pour le guérir. Après, on verra bien !

— Ça ne vous dérange pas ? j'ai dit par politesse

plus qu'autre chose.

— J'aurais préféré aller faire une sieste et regarder ma petite série, comme prévu, mais bon ! Tant qu'il y aura des tarés en liberté, on ne sera pas à l'abri de vivre de tels moments absurdes. C'est comme ça !

— Bien, encore merci ! Je vais prendre vos coordonnées. Monsieur le maire a les miennes, je viendrai vite aux nouvelles.

Mes deux interlocuteurs ont acquiescé. Encore interloquée, j'ai lentement pris la direction de la porte. Puis je me suis retournée et j'ai demandé :

— Excusez-moi encore, vous croyez qu'il est possible que je le voie encore une fois ?

Après un bref moment d'hésitation, il a répondu du bout des lèvres :

— En espérant que ce ne soit pas la dernière ! Oui, suivez-moi !

Nous sommes allés tous les trois dans la pièce à côté. Le pauvre chien était immobile. Seul, son petit ventre creux bougeait légèrement. Il respirait, calmement. Peut-être avais-je besoin de me rassurer, mais il m'a semblé apaisé.

Nous sommes sortis. J'ai rappelé au vétérinaire que je prendrais vite des nouvelles, j'ai reprécisé au maire qu'on se tiendrait au courant des suites éventuelles de notre conversation et je suis partie.

Le chemin du retour m'a paru bien plus court qu'à l'aller. J'avais mis de la musique en venant, pas en repartant. J'avais trop de choses qui se bousculaient dans ma tête. J'étais totalement perdue dans mes pensées. Le chien, le vétérinaire, le maire, le village, mes projets, le chien. Car mon esprit y revenait sans cesse. Les images de son corps, inerte, dans la forêt jusqu'à celles de mon départ de la maison du vétérinaire me hantaient.

Je suis rentrée. Essayer de dormir. Demain, j'appellerais monsieur Signat. Et puis, au sujet de mes échanges avec le maire, faudra y repenser, que je réfléchisse bien à tête reposée. Je n'ai pas faim. Du tout. Allez, au lit !

Chapitre 6 : Je m'appelle Fred

Voilà un an que je suis revenu des États-Unis. On est en 2004. Bien sûr, certaines choses me manquent, il y avait dans ma vie beaucoup d'intensité, d'adrénaline. Mais je n'ai aucun regret, j'ai suivi mes idées à la lettre et je suis entièrement persuadé que c'était le bon choix. Je suis tellement heureux, ici, aujourd'hui. Ma vie est formidable.

J'ai vécu une enfance très heureuse. À l'adolescence, comme pour chacun, des questions se sont posées. Mais sans avoir toutes les réponses, je dirais même en l'absence de la plupart d'entre elles, j'ai pu avancer. Je crois que j'ai été vacciné contre les angoisses existentielles, à grandes doses d'amour délivrées par mes proches et l'absence de complication particulière. J'étais bien au milieu de ma famille, mes amis, l'école, mes activités diverses et variées et surtout le sport. En l'occurrence le basket.

Cette activité sportive m'a tout de suite passionné. Aussi loin que je me souvienne, me trouver dans un vestiaire, me préparer, me procurait automatiquement une joie intense que je sentais chaque fois, physiquement, monter en moi. Entrer sur le terrain, saluer les camarades, ramasser la grosse balle orange, courir, tout donner, me dépenser, partager, me plongeait systématiquement dans un sentiment de bien-être profond.

J'ai eu la chance de croiser de très bons formateurs. Ma grande motivation et une croissance intéressante m'ont permis de suivre un parcours ascendant dénué d'objectif au départ, puis franchir les étapes et presque par hasard, d'intégrer un centre de formation. Chemin faisant, j'ai progressé, rencontré les bonnes personnes, progressé, grandi de manière impressionnante, progressé, rencontré les bonnes personnes, progressé. Je n'ai eu aucun problème de santé, aucune grosse blessure. J'étais toujours motivé à m'entraîner et c'était un grand plaisir de sentir la confiance dans les encouragements et les yeux de mes entraîneurs.

Je n'étais pas le plus doué, mais j'ai progressivement cultivé une motivation très forte et surtout, j'ai acquis un goût de l'effort que la plupart des autres n'avaient pas. Ne pas être dominant n'a jamais heurté mon ego. Continuer à « travailler » pour avancer, m'accrocher pour m'approcher du niveau des meilleurs m'a toujours semblé captivant. Repousser mes limites pour connaître les suivantes et tenter de les dépasser à leur tour m'a toujours attiré.

Il faut croire que c'est la bonne recette ou pour le moins une de celles qui peuvent fonctionner. En tout cas, avec cette modestie, ce goût de l'effort associé à de bons résultats scolaires, j'avais le type de profil qui intéressait les centres de formation. J'ai intégré celui de Gravelines. Puis, j'ai progressé, rencontré les bonnes personnes, progressé. Mon corps m'a fait le plaisir de suivre, m'évitant toute blessure sérieuse malgré une croissance régulière me menant au double mètre. Tout pile ! J'étais dans le circuit, bien implanté et relativement tôt, j'ai accédé au monde professionnel.

J'ai donc progressivement, sans pression, gravi les échelons nationaux puis, à l'âge de vingt-quatre ans, le Graal du basketteur. La NBA m'ouvre les bras. Le rêve tellement difficile à refuser pour tout passionné de basket, même si tous les connaisseurs savent que le jeu pratiqué de l'autre côté de l'Atlantique n'est qu'un lointain cousin du « vrai » basket pratiqué en Europe où les joueurs ont le « droit de défendre ». Le « tout pour le show » dénature ce bon vieux sport, mais quand même, quelle ferveur, quelle ambiance ! Y participer, vivre cette expérience unique ne se refuse pas. Côtoyer les meilleurs du monde, s'y frotter, c'est grisant. Les millions de dollars de revenus peuvent aisément faire pencher la balance définitivement.

J'ai bien conscience de tout ça. Pourtant, il y a réflexion. Dans le même temps, d'autres projets m'intéressent et me fascinent. Notamment un qui peut paraître à certains insignifiant par rapport à la grande aventure du basket professionnel américain, mais qui pour moi compte énormément. L'hésitation est de mise, mais de courte durée.

Effectivement, malgré tout, poussé par pas mal de choses et de gens et notamment par l'idée qu'il était compliqué de ne pas tenter et vivre cette expérience, je pars ! Quatre années ! C'est le deal dès le départ. Je « signe » pour quatre ans, mais promis juré aux autres sûrement sceptiques, et surtout à moi-même beaucoup plus sûr de mon choix, seulement pour quatre ans. J'y vais, mais je veux, quoi qu'il arrive, participer à ce projet, ne pas passer trop de temps loin de chez moi. Partir plus de quatre ans ne le permettrait pas, je veux, je dois m'y tenir.

Ma carrière aux États-Unis a été très honorable. Loin des grandes stars, ma progression sera rectiligne, encourageante, la carrière prometteuse. Et surtout, quelles émotions ! Les salles immenses, les matchs serrés, les victoires de dernières secondes, les retournements de situation. Mais aussi les défaites cruelles, le retour aux vestiaires tête basse sous les huées de supporters adverses en transe qui nous poussaient à nous serrer les coudes et revenir plus fort. Tous ces sentiments étaient surpuissants, énormes à vivre. Sur le terrain, ça a vraiment été beaucoup de plaisir. Bon, du stress aussi, une grosse pression, mais je retiens surtout le plaisir du jeu.

Il était souvent stéréotypé, avec des mouvements de balles et des déplacements de joueurs un peu mécaniques, une certaine obligation de jouer pour la ou les stars locales, mais cela ne me dérangeait pas trop. Il y avait de la place pour jouer au basket, profiter de sa passion et s'éclater au plus haut niveau. Face et avec les meilleurs. De plus, je ne ressentais aucune jalousie pour ces joueurs mis en avant, je prenais ce que je pouvais, les yeux toujours grand ouverts d'un enfant dans ses rêves. Chaque jour passé là-bas, je me suis dit que tout cela était incroyable, que ça venait de nulle part, alors je profitais des bonnes choses. Non, vraiment, sportivement, ce fut un régal.

Humainement, beaucoup moins. Ce que j'ai vu, vécu, suivait très souvent les désagréables règles relatives à l'individualisme absolu, à l'égocentrisme surdimensionné. La plupart des joueurs ou membres du staff ne m'ont pas laissé de souvenirs positifs impérissables. Sauf deux d'entre eux.

Au milieu de ce décor qui ne vantait en aucun cas les mérites de la nature humaine, il y avait « mes deux gars ». Un joueur nommé Amadou et surnommé Mad en raison de sa dureté sur le terrain. Ce qui était un comble pour une personne si naturellement gentille en dehors. Mad venait d'un niveau social modeste, il était resté simple dans le bon sens du terme, les pieds sur terre. Il m'a pris sous son aile à mon arrivée et m'a énormément aidé, notamment au début, période de plongée dans la grande inconnue, où tout était tellement nouveau pour moi. On est toujours restés très proches et les moments de bonheur sportif, c'est majoritairement à deux qu'on les a partagés. Enfin, plutôt à trois.

Mitchel, surnommé Mitch, faisait les statistiques au sein du staff et surtout, il nous faisait rire. Il était lui aussi, la modestie personnifiée. À trois, on en a partagé des bons moments ! Pour la plupart, c'étaient des choses simples. De grandes discussions autour d'un repas rien qu'entre nous, et parfois c'était plus mouvementé. On a fait quelques fêtes mémorables. Bon, le mot « mémorable » est assez mal choisi, car nos souvenirs, le lendemain, étaient généralement assez flous, mais des rigolades à n'en plus finir, on en a partagé un paquet. Avec une complicité aux entraînements du lendemain, assez difficiles, qui ne se démentait jamais.

Oui, c'étaient de beaux moments de partages, de vrais amis ! On était assistés, pris en charge pour tout, mais au peu de services que j'ai eu à leur demander, ils ont immanquablement répondu présents. Le moindre coup de blues, un besoin de parler, de se confier et vous pouvez être sûr que l'on se retrouvait à trois pour s'écouter, se remonter le moral et se conseiller si la demande en était formulée.

Concernant les autres personnes que j'ai côtoyées là-bas, les repas en commun étaient surtout l'occasion pour eux de comparer les dernières voitures, montres, tatouages ou attraits des petites amies. Les discussions amenaient souvent les mêmes personnes à vouloir à tout prix se mettre en avant. Les sorties étaient un concours de « m'as-tu-vu » et de conquêtes où le respect des autres et notamment celui de la gent féminine était pour le moins suspect. Mes sorties avec eux furent donc rares et je m'y suis senti, tout comme mes deux acolytes, généralement plutôt mal à l'aise.

Par contre, la ville ! Ah, oui ! Je ne vous ai pas dit. Le hasard des drafts, choix des clubs pour les joueurs qu'ils recrutent dans leur franchise, leur équipe, m'a mené par hasard à New York. Ville fascinante, toujours vivante, avec des spectacles époustouflants. S'y promener, y vivre notamment avec mes deux amis fut un réel bonheur même si, à la fin des quatre années, j'ai eu plaisir à retrouver le calme apaisant de mon nouvel environnement, la tranquillité et l'aspect naturel d'une bien moins grande agglomération.

On a plusieurs périodes dans une vie, d'autres envies, d'autres besoins, et en fonction de ceux que j'avais à ce moment-là, vivre là-bas fut un bonheur aussi intense que celui de revenir. En effet, à vingt-huit ans, malgré une reconduction possible de mon contrat, le retour est normalement prévu. Ce sera le cas. Contre toute logique sportive et financière, il se fera à la date prévue. Très facilement, comme une évidence. Je m'appelle Fred. J'ai vingt-huit ans. On est en 2003. Mon retour est acté…

Chapitre 7 : Je m'appelle Jeanne

Je crois que dans une vie, il y a plusieurs vies. Les vies d'avant ont toujours une influence sur celle actuelle, mais à chaque période, on doit reconstruire son existence. Une vie d'enfant n'a rien à voir avec une vie d'adulte. Une vie professionnelle n'a rien à voir avec une vie scolaire. Une vie « pour soi » n'a rien à voir avec une vie de parent.

Chacune requiert des responsabilités, des joies, des inquiétudes, totalement différentes. Les vies quotidiennes, les caractéristiques physiques et mentales peuvent devenir tellement différentes. Nos personnalités évolutives s'adaptent plus ou moins bien à ces différentes vies. Elles ont malgré tout un impact important sur celles qui suivent. Et surtout, elles ont un point commun. Dans chacune d'entre elles, il y a deux types de moments.

Ceux où l'on ne pense pas, où l'on ne réfléchit pas. On est seulement dans l'action plutôt instinctive. Il faut se lever, je me lève. Je me prépare, je pars au boulot, fais ce qu'on me demande, ce que je dois faire, puis je rentre, regarde le même divertissement que la veille, le journal, la météo, un petit film et dodo. Le tout accompagné de petits rituels immuables rassurants. On a tous besoin de ces périodes-là. Ce sont celles où l'on est le plus serein, le plus cool, pas d'angoisse. On avance sans se poser de questions, on fait ce qu'on a à faire, on est tranquille. Mais dans ces périodes aseptisées, on n'avance pas beaucoup.

Puis, il y a les périodes où l'on ressent le besoin de réfléchir, où l'on se regarde soi et autour de soi avec un œil critique sur ce que l'on est, ce que l'on fait, ce que l'on n'est pas, ce que l'on ne fait pas. Lors de ces moments, on fait le point, en quelque sorte. On se pose certaines questions et on en tire nos conclusions. Ces moments sont souvent beaucoup moins agréables. On compare facilement ce que l'on est avec ce dont on rêvait ados.

On voit ce qu'on a réalisé, fait de bien, mais surtout ce que l'on n'est pas, ce que l'on n'a pas fait. Ça peut devenir totalement décevant, angoissant pour peu qu'à cette réflexion s'ajoute un aspect existentiel souvent inquiétant. Mais à moins d'une conclusion négative, décevante et démotivante, ces moments peuvent être très constructifs. On peut décider de s'adapter, de modifier des choses plus ou moins en profondeur, voire même carrément envisager de changer radicalement de chemin, se donner le courage de certaines ambitions à remettre au goût du jour. Moi, quand j'ai besoin de réfléchir, je monte dans ma petite 206, je mets de la musique et roule droit devant. Ça m'aide à faire le point.

Certains vivent peu de ces moments de questionnement, les évitent avec le plus grand soin, pour le meilleur et pour le pire. Ils sont certes plus apaisés, mais on a également l'impression qu'ils subissent leur vie comme elle vient, suivant le rythme des coutumes sans faire de choix particulier. Enfance, école, rencontre, fiançailles, emploi, mariage, enfants, maison, retraite, dans la lignée de ce qui s'est présenté devant eux. Sans vague, sans complication ni prise de risque.

En général les gens adeptes du « il faut changer le minimum, surtout ne bousculer aucune habitude » ont peu de scrupules, peu de jugement sur ce qu'ils sont et ce qu'ils font. Ils s'autopersuadent assez facilement que leur vie est celle qu'elle doit être. Ce fatalisme rend logiquement plus individualiste. Chez ceux qui abusent de ces périodes « d'acceptation de subir sa vie », les rares moments de réflexion n'ont pas placé grand-chose dans les cases « conscience ». Celles-ci ne sécrètent donc que le minimum de ces valeurs qui nous empêchent parfois certaines actions pas très belles. De celles qu'on éviterait au nom du bien-être d'autrui, pour ne pas avoir mauvaise conscience. L'individualisme peut facilement basculer vers de l'égoïsme, et l'empathie devenir un doux rêve.

Pour beaucoup, la vie entière passe comme ça. Les vies s'enchaînent, mais toujours dans cette configuration. Moins je me pose de questions, moins les réponses peuvent me stresser. Je laisse les évènements diriger mon existence, les choses arrivent comme elles doivent arriver, c'est comme ça, je n'y peux rien. Et tant pis si je ne suis pas une personne très présente pour mes proches, si je fais des choses pas très bien dans ma vie ou dans mon boulot, c'est comme ça.

D'autres ne savent pas accepter très longuement ces moments de laisser-aller. Ils reviennent en permanence dans la réflexion, le questionnement. Vivre trop dans ce concept revient à se mettre dans des situations où l'on n'est jamais serein, où l'on cherche toujours autre chose, toujours mieux, sans profiter de ce que l'on a. On peut glisser dans une insatisfaction perpétuelle, une autoflagellation peu constructive, elle non plus.

Cela peut également mener à beaucoup de moments où l'on est perturbé par ce qui se passe autour de nous, par la nature humaine et ses dérives, des moments où l'on panique et où rien ne semble motivant dans cette vie si bizarre. Trouver sa place devient compliqué.

Ce qui signifie sans doute qu'abuser de la première attitude nous transforme en légume ou pour le moins en suiveur mouton dénué de réflexion personnelle et que trop de la seconde fait de nous des stressés permanents, incapables de savourer ces petits sentiments de bonheur simples qui nous prennent par surprise et nous offrent des périodes de bien-être simple si agréables.

Quelques moments de quiétudes contemplatrices et apaisantes assortis de certaines périodes de réflexion existentielle délicates à gérer permettent de faire de vrais choix. Avoir des motivations claires dans la tête peut nous faire avancer dans une construction personnelle et collective plus enrichissante. C'est le meilleur moyen de progresser, de s'approcher du bonheur tout en se construisant une personnalité qui rend la vie plus captivante et qui permet une existence plus motivante. En fait, il s'agit comme souvent de chercher le juste milieu. Ce fameux juste milieu qui est une notion formidable pour les uns comme une quête à conquérir, une notion exécrable pour d'autres considérant qu'il est inatteignable et donc une quête perdue d'avance.

Je vise ce juste milieu en permanence. Mais j'ai plutôt tendance à pencher vers le « trop de réflexions ». Parfois elles sont basiques. Qu'est-ce que le bonheur ? Que faire de sa vie pour y accéder ou du moins s'en approcher ? Comment faire pour en distribuer, en transmettre, en partager si possible ? Comprendre pourquoi les gens réagissent de telle ou telle manière ? Quel est l'état de la société dans laquelle on vit ?

Dans ma vie actuelle, surtout caractérisée par une

baisse d'obligations du quotidien, une idée a germé de ces questions et de mes « a priori » de réponses. Mes constatations relatives au fonctionnement de cette société m'ont petit à petit lassée de l'existence que je menais. L'organisation de notre société bénéficie du consentement plus ou moins conscient de la grande majorité suffisamment naïve et manipulée pour ne pas comprendre que leur propre bonheur est bafoué par cet agencement global. J'avais de plus en plus de mal à trouver un sens à ma vie, à lui donner un vrai fil conducteur.

Mon mari m'a quittée assez brusquement, il y a déjà très longtemps. Il est parti loin, et après un premier temps difficile de remise en question, je me suis assez rapidement rendue à l'évidence que ce serait un mal pour un bien. En creusant un petit peu, j'ai conclu qu'on avait peu de choses en commun. Le fait de n'avoir aucune nouvelle par la suite m'a confortée dans l'idée que c'était vraiment un lâche, égoïste et individualiste. Un exemple type de celui qui a abusé de ce que j'appelle « la non-remise en question ». J'imagine fort bien qu'il soit parti à l'autre bout du monde, non pas refaire sa vie, mais retrouver les caractéristiques de celle d'avant, la nôtre, exclusivement centré sur lui-même. Oui, je l'imagine facilement avoir balayé avec une facilité déconcertante toute notion du passé !

J'ai rencontré d'autres hommes. Je ne me suis

jamais résolue à penser qu'ils étaient tous les mêmes, irrécupérables, mais je n'ai jamais rencontré le bon, c'est comme ça ! C'est dommage, mais ça ne m'a jamais aigrie, j'ai suivi mon chemin, fait avec ceux que j'y croisais et sans ceux qui n'y passaient pas. Fataliste pour le coup. Passez votre chemin !

Pourtant, le fatalisme ne faisait que rarement durablement partie de ma vie. Vivre les choses à fond et passer à autre chose quand elles ne me convenaient plus, persuadée qu'il y aurait d'autres bons moments après, ressemblait plus à ma façon de fonctionner. J'ai besoin de vivre les choses avec passion. Je peux avoir des périodes où je laisse un peu aller ma vie où elle le souhaite, passive. Mais ça ne dure jamais longtemps. Et si je me rends compte que je dois évoluer, faire changer des choses, je fonce et me donne les moyens de mes ambitions.

Je ne sais pas si je suis une femme forte à la base, mais au fil du temps, je me suis persuadée d'une chose primordiale. Je suis une femme de conviction. Et indirectement, avec des convictions, on devient fort. Pour avancer, on a besoin de belles valeurs. On a besoin de partage, de courage et de respect. Avec ça, on peut se planter, mais aussi renverser des montagnes. Échouer peut être dur à supporter. Ne pas essayer est insupportable. Il y a des choses à faire dans ce bas monde. Dans son état actuel, il a besoin d'une grosse évolution, de profonds changements.

Et là, justement, je sens très fort ce besoin d'y participer. Modestement, mais avec conviction et engagement. Ça devient presque un besoin militant. Ça bouillonne. J'ai l'âge d'oser imaginer des évolutions fortes de ma vie, pour moi, pour les autres. Ça doit être le fil conducteur. Je m'appelle Jeanne. J'ai cinquante-trois ans. On est en 1998. Il va se passer quelque chose, j'en suis sûre, je suis prête…

Chapitre 8 : Je m'appelle Sandrine

— Chéri ?

— Oui ?

— Je m'en vais au boulot. À tout à l'heure !

J'avais du mal avec cette phrase depuis quelque temps. Parce que lui, du boulot, il n'en avait pas. Ou plutôt, il n'en avait plus. Moi, je suis Sandrine. À 18 € la coupe simple, jusqu'à 50 € le passage, allègrement dépensés par les meilleures clientes, le salon ne désemplit pas. Le patron, à part venir donner quelques directives ou ramasser la caisse, il est assez absent. On le voit peu. Nous, on bosse, on se pète le dos pour un petit salaire, mais le patron, vu les rentrées d'argent quotidiennes, je ne me fais pas trop de soucis pour lui. Gérer son propre salon, à part au début, le temps de fidéliser, se rassurer sur le remboursement des traites, c'est le rêve. Sans apport, c'est un rêve lointain, voire inaccessible, mais bon.

Pour les gens, c'est de plus en plus important, presque symbolique, de prendre soin de soi et de ses cheveux en particulier. Se faire régulièrement bichonner, retrouver un coup de jeune ou carrément « changer de tête » comme on dit est primordial. Et ce, à tout âge, mais de plus en plus avec le temps qui passe et ses « ravages ». C'est un moyen de se faire beau, s'entretenir. Et du coup pour les gens, ça vaut ce prix-là. Aussi souvent que ça. Tant mieux pour nous, il n'y a pas de chômage chez les coiffeurs.

Par contre, chez ceux que j'appellerais « les polyvalents » comme Alexandre, mon compagnon, ce n'est pas la même histoire. Lui, il avait été tour à tour animateur, vendeur en magasin, salarié dans l'aide à domicile et dans l'animation de grande surface, puis indépendant avec sa petite entreprise individuelle. Elle rapportait moins que « mon » salon de coiffure. Ensuite, il a été entrepreneur, avec la mise en place d'un magasin de vente directe des produits du terroir et enfin, enseignant. Quel drôle de parcours, me direz-vous. Ce n'est pas faux et en même temps, tout s'explique assez facilement.

D'abord l'absence durable d'une vocation, d'une idée précise du métier qu'il aurait voulu exercer qui le mène assez logiquement à un diplôme assez flou. Une licence « Sciences de l'éducation » avec laquelle il ne sait trop quoi faire, puis des tentatives d'emplois divers et variés, menant immanquablement à des déceptions, notamment humaines. L'aide à domicile qui en fait est un business. L'animation de grande surface, de l'exploitation. La vente en général du « foutage de gueule » avec ses avis et conseils très orientés.

Cornaqué par certaines valeurs, ce sont des métiers difficiles à exercer, surtout dans la durée. Le besoin du salaire ne peut pas toujours obliger à faire des choses qui vont à l'encontre de ses convictions. Certains, ça arrive, considèrent devoir respecter un minimum son prochain. Règle de vie qui peut être intégrée à notre conscience et qui implique que certains comportements à adopter vis-à-vis des clients sont compliqués à accepter. Alors, avec ces idées, vous pensez bien qu'il n'aurait jamais pu travailler dans une banque, une agence immobilière ou autre activité où le niveau d'absence d'empathie prend encore une tout autre dimension.

Alors, il a voulu créer son propre emploi. Il s'est dirigé vers un boulot qui correspond enfin à une passion. Le service à la personne, à travers la prise en charge des animaux de compagnie. Promenades, gardes à domicile, taxi animalier. Super ! Mais il n'écoute pas les conseils qui, selon lui, l'éloigneraient de la vocation, de ce qu'il a entrepris.

Attention, ne fais pas que du « service » ! Fais aussi du « rentable », de la croquette, du collier, du jouet ! Mais non, ce n'est pas l'idée du tout ! Alors du coup, au bout de trois ans, l'emploi du temps est plein, le chiffre d'affaires, au plus haut de ce que ces services peuvent engendrer comme entrées d'argent. Les charges, quant à elles, sont incessamment à la hausse. Inlassablement. Alors il bosse encore un peu plus, avec un peu moins de revenus la quatrième année, puis moins encore la suivante. Le bas salaire, accepté depuis le début, devient très bas, puis trop bas. Il faut arrêter.

Qu'à cela ne tienne ! Il va créer un magasin de ventes directes de produits locaux, en partenariat avec la mairie d'un petit village et les agriculteurs alentour. Ah, oui, il y a un vrai besoin ! Il est convaincant, ça se passe bien. Il trouve des subventions, puis d'autres. Cela constitue pour la mairie un sacré budget pour retaper un local, y mettre des étagères, des frigos, une caisse enregistreuse. Ensuite, après moult réunions, les producteurs, râlant à juste titre contre la grande distribution, se montrent quand même réticents devant la faible quantité de ventes prévues (contradiction quand tu nous tiens !) Ils nous ont rejoints, rassurés par l'idée qu'ils n'ont rien à faire et rien à perdre. Démarrage, ouverture, promesses d'une réussite très envisageable et puis…

Intervention d'un personnage dévoilant sa vraie personnalité et sa toute-puissance, maire d'un village aussi petit qu'il soit. Quelqu'un qui considère qu'ici, c'est chez lui, que c'est son projet, qu'il est le patron, le décideur et surtout, que personne n'a le droit de se mettre en travers de son chemin, critiquer ses décisions aussi mauvaises soient-elles. Il ne mettra pas les moyens nécessaires, pourtant disponibles et trouvés par mon compagnon, au développement du projet. Ce dernier va s'offusquer de ne pouvoir gérer l'argent que son seul travail a permis d'obtenir. Il va légitimement demander des comptes au maire. L'objectif est seulement d'avoir les moyens minimums pour développer son activité.

Cela a inévitablement mené à un conflit inégal. On a constaté la toute-puissance et la capacité de destruction du maire à l'ego surdimensionné. Il a été extrêmement bien secondé par des suiveurs qui, au nom du groupe, sont prêts à presque tout. La batterie de moyens mis en œuvre pour nuire à mon compagnon a été sans limites, surtout pas celles de la légalité. La bataille, seul contre tous, fut de courte durée. Perdue d'avance. « L'ennemi », car ce fut son statut, a été foudroyé par le groupe, licencié pour une faute inexistante.

Ensuite, l'enseignement ! Pour lui, c'est venu par hasard. Apprendre les notions de base d'un auxiliaire de vente à un public en difficulté a pourtant été une formidable et enrichissante expérience. L'aspect humain de la fonction, le contact avec ces jeunes, auxquels la vie n'a fait aucun cadeau, lui a beaucoup plu. Voir dans leurs yeux toute l'affection qu'ils nous donnent, juste parce qu'on leur montre du respect, qu'on ne les prend pas pour des gens différents, est très agréable, très valorisant.

Mais après cinq années de bons et loyaux services, l'absence du diplôme adapté a eu raison de sa place. Et donc, chômage ! Malgré son parcours chaotique, il ne l'avait que rarement connu et sur de courtes périodes. Ce n'est pas évident.

Une des grandes difficultés de la vie, pour ceux comme moi qui ont eu une enfance classique sans encombre, bien accompagnée, c'est le passage à la vie d'après. Brusquement, du monde de Disney plein de gentils, de très peu de méchants qui se font ridiculiser, perdent à la fin, disparaissent ou même mieux qui basculent dans le camp des gentils, on passe au monde réel.

C'est le scénario systématique qui nous est proposé et dans notre grande innocence d'enfant, on y croit à fond. Assez logiquement, personne de notre entourage bienveillant n'a le courage de nous détourner de cette certitude que l'être humain est naturellement bon et que les méchants se repèrent facilement et « prennent cher » à la fin.

Après une bonne dizaine d'années bercées de ces espérances et de l'intime conviction de ces bases rassurantes et joyeuses, la réalité ne paraît que plus cruelle. La claque et la chute qui suivent la révélation de ce qu'est la véritable vie sont très douloureuses. Et après, comme chacun sait, il y a encore plus dur… l'atterrissage.

Un jour, alors qu'il rentrait à la maison après un

entretien d'embauche avorté, mon compagnon m'a dit :

— J'ai commencé à écrire une chanson. Ça ferait : « Je suis à fleur, j'ai le bourgeon, j'aurai la peau du bourdon. Je suis à fleur, manque de pot, aucun moyen d'échappement. ».

Puis, il a ri. Moi, je trouvais que c'était pas mal comme début.

Il en écrivait parfois des chansons. Une fois, il m'en avait murmuré une qui était pas mal. Je ne me souviens pas de tout, mais un moment, ça faisait : « J'ai pas choisi les trottoirs de Manille ou d'Alger pour apprendre à marcher. Être né quelque part, pour celui qui est né, c'est toujours un hasard. » Mais celle-là, je ne suis pas sûre qu'il l'ait écrite lui-même.

On est en 2022. On attend un enfant. Je ne sais pas si on aura le courage de lui expliquer assez tôt les réalités de la nature humaine, mais chaque chose en son temps. Il s'agira d'abord de lui assurer la sécurité matérielle et donc financière dont il aura besoin, dont nous aurons besoin. Pour ça, on est prêt à des concessions, des risques s'il le faut…

Chapitre 9 : Ne m'appelle plus

Je suis partagé entre une certaine obligation de modestie et une très forte envie de me vanter. Modestie parce que je ne suis rien ou plus grand-chose, assez pauvre et isolé. C'est vrai que je représente plutôt la tristesse et la désolation que l'optimisme d'un avenir radieux. C'est difficile à accepter, car ça n'a pas toujours été le cas, loin de là. Mais j'ai quand même très envie de me vanter, contre vents et marées, parce que j'ai beaucoup de qualités. Et d'abord, je suis beau, très beau !

Ah, j'entends d'ici : « On peut le penser, mais ça ne se fait pas de le dire ». Eh, ben si ! Y'en a marre du politiquement correct ! D'ailleurs je ne le dis pas, je le crie : « Je suis beau ! » Je l'ai toujours été. Malheureusement, il n'y a plus grand monde pour le remarquer, je suis de plus en plus seul.

Ah bien sûr, il y a des raisons ! Je n'ai pas su évoluer, diront certains. C'est la mutation logique de la société, évoqueront d'autres. Bah ! Oui, la société avance, il faut la suivre ou crever, elle est la voix de la raison. Une société qui bouge, change, on dit toujours qu'elle évolue, on nous persuade, assez facilement d'ailleurs, que c'est obligatoirement pour du mieux.

C'est sûr, entre l'après-guerre qui a été une période extrêmement difficile et les années quatre-vingt, on ne peut parler que de progrès. Tout était à reconstruire, on repartait de zéro et en trente-cinq ans, on en est arrivé à quelque chose de formidable. On a réellement fait évoluer plein de choses, la qualité de vie s'est améliorée de manière flagrante.

Rendez-vous compte, on est passé d'un monde où être logé et nourri correctement était déjà un luxe, à un autre où la quasi-totalité des gens avait un toit, un emploi, une voiture, un téléphone, une machine à laver, un lave-vaisselle, des vacances, des transports en commun. Un monde où tous les enfants allaient à l'école avec l'espoir d'un avenir radieux. On aurait dû en rester là. Stagner.

Mais certaines personnes qui s'enrichissaient chichement de l'achat massif de ces biens qui amélioraient réellement notre qualité de vie ont réalisé que quasiment chaque famille avait l'ensemble des équipements nécessaires. Équipements qui en plus avaient le culot, à l'époque, d'être programmés pour durer et donc prendraient du temps à être remplacés.

Coup dur ! Et là, vraisemblablement, réflexion, réunions dont a dû sortir la conclusion qu'il fallait coûte que coûte trouver les moyens de continuer à faire consommer les gens. J'imagine assez facilement la teneur de ces échanges lugubres qui pouvaient, à l'origine, sembler surnaturels :

« — La quasi-totalité des gens a tout ce qu'il lui faut. Les prix correspondent à une logique de production, de distribution. Comment faire pour maintenir voire augmenter leur consommation ? Comment vendre plus et plus cher ? Ils ont tout ce dont ils ont besoin !

— Eh bien, tout simplement en créant de nouveaux besoins.

— De nouveaux besoins ?

— Oui ! Il suffit de donner l'impression aux gens qu'ils doivent acquérir tel ou tel bien. Leur inculquer que posséder plus, c'est réussir mieux. Que si le voisin ou le beau-frère a tel truc, on se doit de l'avoir aussi ! Développer la jalousie aussi.

— Bon, admettons ! Mais avec quel argent vont-ils consommer si leur salaire est bas ?

— Alors, développons le crédit à plus grande échelle.

— Oui, mais s'ils ont des biens qui conviennent encore, jamais les gens n'en rachèteront. Par exemple, quelqu'un qui a des habits pas usés, pourquoi en rachèterait-il ?

— Développons la mode pour tous, la publicité à

outrance, les soldes mensongères, que sais-je encore… Je suis le seul à réfléchir ici ? Il y a sûrement plein de moyens à mettre en place pour continuer à vendre. Tiens, on pourra aussi développer l'actionnariat ! On aura plus d'argent pour démarrer et un moyen supplémentaire de s'en mettre plein les poches. Non ?

— Attendez un peu ! Autrement dit, vous êtes en train d'essayer de nous persuader qu'à l'avenir, les gens seront capables d'acheter hors de prix des choses dont ils n'ont absolument pas besoin, avec de l'argent qu'ils n'ont pas ?

— Oui ! Ça paraît fou, je le conçois, mais je suis persuadé qu'en mettant dans la tête des gens que ces produits sont quasi indispensables, en créant en quelque sorte une forme de besoin primaire bis, ça peut fonctionner. Ça semble dingue, mais j'y crois. En plus, on vient d'inventer le walkman, l'ordinateur, le jeu vidéo. Dans ce nouveau secteur de la technologie, on va pouvoir créer des besoins énormes, vous verrez ! D'ailleurs, j'ai bien réfléchi à ces questions. Il n'y a qu'un chaînon manquant à la création et l'assouvissement du besoin primaire bis. Mais j'ai pensé à tout. Afin de réunir produits et consommateurs, créer des envies, ce qu'on appellera pompeusement des « achats compulsifs », museler la concurrence, ligoter les agriculteurs, nous allons créer la machine infernale qui nous garantira la réussite, j'ai nommé, la grande surface. On fera du business sur la santé, le vieillissement, les régimes, l'esthétique. Tiens, pour l'esthétique, on pourra aller jusqu'à faire de la chirurgie ! »

Et le fait est que, un peu plus tard, une grande partie de la population ne pourra plus se passer d'acheter et renouveler ses fringues, consommer des cosmétiques généralement loin d'être convaincants, acheter et renouveler dès que possible, des téléphones portables, des téléviseurs, ordinateurs, tablettes, jeux vidéo, voitures équipées de futilités et j'en passe. Bref, des biens matériels qui n'apportent qu'une fausse impression furtive de bonheur contribuent à tuer notre planète à grand feu et à enrichir ces malins. Ceux-là mêmes qui ont eu les premiers cette idée folle que les gens pourraient devenir accro à une surconsommation maladive, sans plus aucune notion de gestion de budget, râlant bêtement et régulièrement d'une baisse de ce nouveau mot qui ne veut rien dire, le fameux « pouvoir d'achat ». Pouvoir d'acheter quoi, quand, à quel prix, selon quel besoin ? On s'en fout. Tout est réuni dans ce terme : « pouvoir d'achat ».

Il aurait pu y avoir un hic à tout cela. C'est simple, une majorité des gens qui refusent un système parce qu'en y réfléchissant bien, ils constatent que malgré la poudre aux yeux d'un progrès à court terme, ce système n'augure rien de bon pour la suite et que donc, avec un peu de jugeote, ils n'y adhèrent pas du tout.

Mais non, que nenni ! L'énorme majorité « non pensante » adhère avec un enthousiasme débordant.

Cette « évolution » de la société a eu pour effet de créer une nouvelle pauvreté, mais aussi de l'emploi dans les villes ou alentours. Il faut bien créer ces produits, les transformer, les transporter, les vendre. Il faut bien des bureaux pour développer ces idées de génie qui consistent à faire plus de chiffre. Et puis, dans ces villes poreuses, mais porteuses de tous ces espoirs, il faut bien y créer du logement, y mettre des banques, des agences immobilières, des magasins. Alors, c'est là que tout se passe. On va développer la périphérie pour placer les grandes surfaces, outils indispensables, et accessoirement loger les petites mains du système.

Et puis faut pas croire, la grande surface, ses inventeurs et ses gérants, la concurrence même loyale, ils n'aiment pas. Et eux, quand ils n'aiment pas, ils ne comptent pas, ne passent pas par quatre chemins. On sort la broyeuse et on écrase. Les petits commerçants, ceux des villages, à la moulinette ! Avec pertes et fracas. Pas de prisonniers !

Alors, je suis peut-être beau, c'est sûr même, mais je suis à l'agonie, seul et de plus en plus ignoré de tous. Je deviens ce qu'il convient d'appeler un village fantôme.

Oh, ça ne s'est pas fait du jour au lendemain ! Il y a encore dix ans de ça, il n'y avait déjà chez moi que 682 habitants au lieu de 1187 dix ans avant. Mais tant bien que mal, je résistais à l'envahisseur. Encore quelques commerces, un coiffeur, une banque, un café, une pharmacie, une petite école et même, accrochez-vous bien, un médecin !

Mais le boulot, la fête, le mouvement, l'avenir, ce n'est pas là que ça se passe. C'est en ville. OK, je suis beau, mais je ne suis plus attrayant. Alors, ça déménage. Notamment les jeunes, ceux qui feront bientôt des enfants en ville, qui iront dans une autre école que la mienne. Du coup, on fera tout pour l'éviter, mais une classe va fermer. Pas assez d'effectifs ! La maîtresse va être mutée, partira avec son mari et ses enfants. Elle sera accompagnée de tous ceux qui ont besoin d'une école à proximité. Autant de clientèle en moins pour les commerces et services du coin, comme la poste qui, privatisée, retirera son bureau de chez moi, faute de cette rentabilité devenue maître mot. Je vous passe les détails de cette lente descente, de ces résistances inutiles pourtant effectuées avec une énergie folle, de cette agonie progressive.

Aujourd'hui, on est en 2001. Je suis toujours aussi beau. Chez moi, il y a un lac. Petit, mais magnifique ! Il y a une petite forêt à côté. Elle est belle, elle aussi. De la nature, des champs, un centre de village désert, mais pittoresque. De jolies petites maisons, un peu à l'écart. Une jolie petite cour d'école où seules les feuilles circulent à l'automne. Chez moi, il y a du calme, des vallons entre autres endroits merveilleux où se balader. Chez moi, il y a une vie, une vraie, mais plus grand monde pour l'apprécier…

Chapitre 10 : On s'appelle vite

On est en septembre 2005 et c'est mercredi. Ça va être l'heure. Je le sens. Je ne me trompe jamais pour ces choses-là. Il ne va pas tarder, je serai très heureux de le voir et on va bien s'amuser. Ça y est, je le vois, il me fait de grands signes. Je bondis d'impatience, tourne sur moi-même. Enfin le voilà ! Je lui saute au visage.

— Arrête, Lucky ! me dit-il en riant.

Il vient souvent me chercher. La plupart du temps, je vis dans un grand espace avec d'autres animaux. Je suis assez libre. Il faut juste que je rejoigne ma niche le soir dans le local. J'y trouve ma gamelle, j'y passe la nuit à l'abri et au chaud, sur un gros coussin confortable. Et le lendemain, on m'ouvre la porte et je peux gambader dans les limites grillagées du terrain.

Le monsieur qui m'ouvre est très gentil. Il reste

souvent dormir près de moi dans le local et quand il rentre chez lui, j'ai le droit de l'accompagner et d'habiter dans sa maison. Le matin, il me fait toujours une caresse, mais doit vite aller s'occuper des autres. Ils sont tous très impatients, eux aussi, de le voir, de sortir, de manger. Il ne chôme pas. Est-ce que c'est mon maître ? Je ne sais pas trop, mais je l'imagine à peu près comme ça et ça me convient.

D'ailleurs, j'ai parfois du boulot. Il faut que je l'aide. Je le fais avec beaucoup d'application et en suis très fier. D'abord, je dois chaque fois accueillir les nouveaux arrivants. Je suis toujours là lors de leurs premiers pas ici. Puis chaque jour, je fais le tour du refuge, vois l'ensemble des occupants avec mon maître, pour qu'on leur donne à manger. On vérifie que tout va bien. Si ce n'est pas le cas, j'ai bien compris, je dois aboyer et il me suit pour regarder ce qui ne va pas. Mais à cet instant, je ne suis pas occupé à travailler.

Ou alors, mon maître, c'est l'autre, celui qui me fait la balade. Au début, quand il venait, il promenait l'un ou l'autre de mes congénères. Je restais allongé calmement et j'observais pour savoir si ce serait mon tour ou pas. Sinon, j'étais déçu, mais je ne le montrais pas. Toutefois, je crois qu'il l'a remarqué. Après, c'était plus souvent moi, puis presque toujours moi.

C'est pas qu'il ne promenait plus les autres, mais j'avais toujours le droit de venir avec eux. Et puis, parfois, on ne partait qu'à deux. Une fois que j'ai eu compris, quand il arrivait je ne restais plus allongé, je me levais et le regardais, attendant son appel. Il sifflait au loin, s'approchait. Je savais alors que nous allions aller nous promener ensemble. On avait nos petites habitudes.

Toujours est-il, et c'est bien l'essentiel, que cette nouvelle vie me change amplement de cette période où mes anciens maîtres, qui portaient bien mieux cette appellation que ceux de maintenant, préféraient me battre que passer du temps à parcourir la campagne à mes côtés.

Je ne sais plus trop que penser des êtres humains. Ils sont capables des pires atrocités, mais d'autres s'occupent bien de nous, avec plus ou moins de signes d'affection.

Lui, au début, il ne me faisait pas de mal, mais ne me caressait pas. Il parlait. Oh, bien sûr, je ne comprends pas l'humain, mais il est facile d'interpréter l'intonation de la voix, savoir si la personne est contente ou pas, si elle est fâchée après moi ou pas, si elle est triste, énervée, ou au contraire calme et apaisée. Enfin, en gros, ce qu'elle ressent et ce qu'elle veut me faire passer comme message.

Il me promenait, il parlait, mais plutôt à lui-même, du moins dans les premiers temps. Il avait l'air de me respecter, mais pas particulièrement de me voir comme un compagnon à quatre pattes. Moi, je m'adaptais. Je ne lui montrais pas trop de signes d'affection non plus, mais beaucoup de respect. J'étais reconnaissant de ce qu'il faisait pour moi. La balade, c'était sacré. J'essayais toujours de comprendre ce qu'il attendait de moi et ensuite je tentais de lui faire plaisir, au moins d'obéir aux ordres qu'il m'avait appris. M'asseoir, revenir, attendre pour avancer. Mais bon, au début il ne semblait pas attendre grand-chose de nos moments passés ensemble.

De l'eau est passée sous les ponts. Notamment celui qu'on traverse à chaque sortie. C'est toujours la même chose. Lui passe sur le pont, et moi dessous, dans l'eau. Il grommelle du haut du pont, car il sait ce qui va arriver. Moi aussi, et je m'en délecte. Je sors, trempé, du ruisseau, m'approche tout près de lui assez rapidement pour qu'il n'ait pas le temps de s'écarter et là, je me secoue vigoureusement pour officiellement, m'ébrouer et enlever l'eau de mon dos. Officieusement pour tremper mon camarade qu'il est si amusant de faire râler, ce qui ne manque jamais d'arriver.

Maintenant, il a l'air ravi lui aussi de venir me voir. De plus en plus. La balade était pour lui le moment de se raconter sa vie. Mais maintenant, j'ai l'impression qu'il me la raconte vraiment à moi. Ça change tout. Je me souviens, il a commencé comme ça :

« — Tu sais, le chien, en arrivant ici, dans le foyer du village, j'ai été accueilli par un homme. Je me suis dit qu'il était certainement là pour me contraindre à de nouvelles normes. Qu'il était décidé à m'en convaincre, comme à l'accoutumée, en m'expliquant sèchement les conséquences d'un comportement inadapté au règlement. Et là, surprise ! Ce fut plutôt un message convenu, mais positif, de bienvenue. Une sorte de discours assez large sur les lieux, l'organisation globale de la structure, la disposition de ma chambre et le fait de vivre ensemble. Se revoir le lendemain. Je dois avouer, avec du recul, que cette première nuit fût moins pénible que prévu. Le sommeil est même venu me rejoindre en ce lieu, sans trop de difficulté. Oh, ça ne m'a pas empêché d'être méfiant, défiant, comme d'habitude ! J'ai été dur au début, comme toujours. Avec eux, avec moi. Ça a créé pas mal de moments de tensions, de conflits, mais l'engueulade inévitable était toujours accompagnée du constat de quelque chose de positif, d'encouragements. Au début, je ne m'en suis même pas rendu compte. C'est lors d'une énième altercation que l'éducateur me l'a fait remarquer. Comme pour me faire comprendre qu'il leur tenait à cœur de m'aider. Qu'ils avaient de la considération pour moi. Ça a eu son effet. Je ne l'ai pas avoué tout de suite, bien sûr, mais le soir dans mon lit, j'y réfléchissais et petit à petit j'ai repris un peu de confiance. Et puis lors d'une autre engueulade, on m'a dit que de toute façon je n'étais pas capable de faire spontanément quelque chose pour les autres. Ça m'a secoué. En fait, c'était vrai et j'en avais parfaitement conscience, mais là, ça m'a dérangé que ça se voie. Sans doute pour la première fois depuis bien longtemps. Je crois qu'au fond, c'était parce que je voulais évoluer, et ça, c'était nouveau. J'ai évidemment nié cette évidence en rétorquant que, bien sûr, je pouvais faire spontanément quelque chose pour aider les autres. On m'a demandé un exemple. J'ai été bien embarrassé, mais au bout de quelques secondes je me suis rappelé un ancien résident qui venait ici pour promener les chiens, qui prenait du temps pour leur apporter ce bonheur. C'est le premier truc qui m'est venu à l'esprit et, face à mon interlocuteur qui semblait satisfait de me voir sans réponse, il y avait urgence. Alors, j'ai pris cet exemple : « Ben, j'irais facilement dans l'association, là à la sortie du village, qui s'occupe des animaux et je leur rendrais les services qu'ils veulent, comme ça, gratos ! » J'aurais dû m'attendre à cette réponse, mais j'ai pas trop eu le temps de réfléchir : « Allez, bingo ! Je les appelle ! Tu y vas pour quelle heure ? OK ! Sur place, tu demanderas monsieur Signat. C'est lui qui s'occupe de l'association ! » C'est comme ça que je suis venu te voir, un peu forcé. Impossible de perdre la face sur ce coup. Mais a priori, j'aime pas trop les chiens. La suite tu la connais. Au début, nos balades, c'était plutôt une corvée. Et puis, assez vite, je me suis rendu compte que ça te faisait plaisir, t'étais tout fou. T'étais marrant. Ça m'a plu. Et puis, à moi aussi, ça faisait du bien. C'est vrai que pour moi qui me suis toujours senti jugé au premier regard, c'était reposant. Toi, mon passé, tu n'en as jamais rien eu à foutre. « Il ne me fait pas de mal, il me promène, je l'aime bien. Le reste, je m'en moque. Après, il ne veut pas trop jouer avec moi, pas de problème, je respecte ». Et puis, à force de te raconter ma vie, de voir tes petits yeux expressifs qui essaient toujours de comprendre, ta joie de me voir arriver, aussi systématique que ton petit air triste quand je m'en vais... Bon, t'es un chien, OK ! Mais pour moi, t'es devenu un vrai compagnon. Un confident. Venir te voir et partager tout ça avec toi, ça fait maintenant partie de ma vie et j'en suis particulièrement heureux. Et toi, raconte-moi ! Et puis non ! Laisse-moi deviner. T'as pas eu une belle vie de chien. Un peu comme moi, t'as pas croisé les bonnes personnes, t'es pas tombé dans la bonne famille. T'as souffert, t'as pas compris. T'as été triste, t'as eu la haine. Je connais pas les détails, je connais même pas ton nom d'avant, mais je suis sûr que t'as vécu l'enfer. Ouais ! Toi et moi, on peut dire que petits, on n'a pas reçu notre dose d'amour. Sans ce vaccin, dur de ne pas choper cette fameuse « maladie », la haine ! Et puis, je sais dans quel état t'as été retrouvé. Mon pauvre Lucky ! Si je croisais celui ou ceux qui t'ont fait ça, il y a fort à parier qu'ils regretteraient leurs actes, à la hauteur de leur atrocité, mais bon ! En tout cas, tu t'es accroché, tu t'es retapé et ici, on t'a redonné goût à la vie. Tout comme moi, en fait ! On est pareil. Des êtres bien démolis, en reconstruction. T'es un exemple, même. Le passé, on dirait que t'arrives bien à en faire abstraction. Tu recommences déjà à refaire confiance. Faut que j'en fasse de même pour avancer encore… »

Chapitre 11 : Faire appel à tartes

Dans mon boulot, c'est tout ou rien. Soit le public dont j'ai la charge est très motivé, soit il n'a aucune envie de passer du temps avec moi. Ça dépend beaucoup de la structure dans laquelle je travaille. Bon, actuellement, en 2005, dans le poste que j'occupe, la quasi-totalité des gamins se défonce au sport, ça leur fait du bien. Du coup, ici, je suis toujours content de faire de l'activité physique avec eux.

La contradiction, pour beaucoup d'entre eux, est une véritable forme d'expression. Alors évidemment, râler est presque un réflexe systématique, une façon d'exister.

« — Oh non, m'sieur, pas de saut en hauteur ! Oh non, pas ping-pong ! Oh non, pas volley-ball !

— On ferait pas plutôt du saut en longueur ?

— Quoi ? Mais avant-hier j'ai proposé d'en faire, vous n'avez pas voulu !

— Ouais, mais ce jour-là, il faisait froid. Et on n'était pas assez nombreux pour un foot. Et les douches ne marchaient pas. Avec le sable ça gratte le reste de la journée. Et c'est l'anniversaire du gars qui a marché sur la lune !

— C'est quoi le rapport ?

— Ben c'est un hommage. Saut en longueur… Comme le gars de la fusée avec ses grosses godasses.

— OK ! Vous me saoulez ! Saut en longueur !

— Oh non, M'sieur ! Foot ! »

Ils peuvent te rendre fou. Ils veulent te rendre fou. Le non est automatique, sauf s'il y a foot. Et encore. C'est un moyen pour eux de s'affirmer, de se conforter dans l'idée qu'ils participent activement aux décisions. Ils envoient un message clair. Si je ne veux pas faire, je ne fais pas. Je décide, et pas toujours toi ! C'est leur façon d'exister. Moi, en général, ça ne me dérange pas qu'ils se donnent de l'importance de cette manière. En tout cas, je comprends. Je n'adhère pas, c'est pénible, mais je comprends.

Le « non ! » part bien souvent du même individu et tous les autres suivent, n'hésitant jamais à utiliser tous les arguments les plus irrecevables du monde. C'est devenu un jeu à part entière. Plus je râle à leurs contestations, plus ils gagnent. Il faut sans cesse argumenter. Mais je leur laisse cette liberté de s'opposer, jusqu'à un certain point, du moins dans le contexte de la séance de sport. Pour ça, je suis totalement rentré dans leur jeu, volontairement. Ça crée une forme d'égalité entre nous. Je montre que je respecte leur avis, même peu fondé. Après, évidemment, il y a des limites, ils le savent. Ils sont bien plus malins que beaucoup l'imaginent.

Je fais donc celui qui subit ces discussions, ces contestations, mais en fait, la plupart du temps, elles m'amusent et me font presque plaisir. Elles prouvent qu'ils sont combatifs, que le moral est bon. Et puis, elles permettent une forme de relation d'égal à égal entre eux et moi. Je ne suis pas celui qui impose. On peut en discuter, choisir l'activité ensemble. Ils savent qu'avec moi, ils peuvent donner leur avis et même si la plupart du temps il consiste surtout à me contredire, je l'écoute, j'en tiens compte et juste ça, ça leur fait du bien.

Aujourd'hui, après de longues minutes de palabres et d'argumentation à légitimité variable, on finit par se mettre d'accord. C'est saut en longueur, une heure, puis foot la deuxième. C'est parti ! Le saut en longueur, ce n'est pas leur truc. Ils contestent avoir mordu la ligne, la trace qui définit leur performance n'est pas la bonne, il y a de la triche. Ils sentent bien qu'ils ne sont pas trop à leur avantage et dans ce cas-là, comme pour faire diversion, ça chambre. Et dans cet exercice, contrairement à l'athlétisme, ils sont très doués et surentraînés.

« — Eh regarde, l'autre saute comme un crapaud !

— C'est logique, vu les boutons qu'il a sur la tronche.

— Eh, fais gaffe ! Tu sautes tellement court que tu vas même pas atteindre le sable.

— Toi, par contre, tu vas le voir de près ! Je vais t'en mettre une et le marchand de sable, il va passer. »

Surenchère de « chambrage » faisant rire les uns, vexant les autres. Disputes, insultes, etc. Moi, je fais tampon. Je freine ceux qui ont des propos qui vont au-delà des limites de la rigolade, je défends ceux qui ont plus de mal à avoir de la répartie, je veille à ce que cela reste au stade de l'humour, que ça ne dégénère pas.

Je suis là depuis peu de temps, j'apprends à les connaître. On apprend à se connaître, on s'apprivoise. En fait, la prochaine fois, je crois que je ferai saut en longueur avec un plus petit groupe. Ils sont nombreux, le temps d'attente est trop long entre les sauts et la patience, c'est rarement leur point fort. Alors, ils tournent en rond, scrutent les autres et, à la moindre opportunité de se moquer, c'est parti ! La moquerie est une part non négligeable de leur manière de communiquer entre eux, c'est normal. La plupart du temps, c'est seulement de l'humour, presque un partage, mais les limites de la susceptibilité des uns et des autres est difficile à percevoir.

D'autant plus qu'elle est assez changeante en fonction de l'humeur du jour, voire de l'heure, tellement elle peut être variable. Empêcher ces séances de

« chambrage » serait ridicule. C'est pour eux un moyen d'échange, un moyen d'expression à part entière. Le leur retirer serait castrateur. Alors, il faut gérer, anticiper, freiner, expliquer, et bien souvent, même si c'est limite, ça finit par un gros câlin. Bon, parfois, il faut s'y mettre à plusieurs pour séparer une bagarre soudaine, ils ne sont pas du genre à se laisser faire s'ils se sentent insultés. Ah, ouais, il n'y a pas qu'avec moi qu'ils sont chiants, entre eux, c'est pas mal non plus.

Là, ils sont douze. C'est trop pour cette activité, parfait pour un foot. J'abrège le saut de crapaud. Faut avouer qu'à part quelques-uns, ce n'était pas folichon. Bref, on attaque le foot par l'éternelle mise en place des équipes ! Vu les personnages, je vous laisse deviner les discussions, désaccords et autres frustrations qu'untel ne soit pas avec untel, que le ballon soit mal gonflé ou que sais-je encore, que lui ou elle ne veut pas aller au but, puis qu'on a plus le temps de faire un match…

Bon, finalement, il y en a deux qui ne veulent pas jouer, un qui ne veut pas se placer en défense, certains qui râlent que je sois arbitre et joueur en même temps, mais tant bien que mal, on démarre la partie.

« — Eh, y'a faute, là !

— Passe ta balle !

— Y'a coup franc, pas penalty !

— Allez, on change les équipes, m'sieur Jules, c'est pas équilibré ! »

Ah oui, je ne vous ai pas précisé, mais ici, les éducateurs, professeurs, animateurs, bref les adultes, on les appelle comme ça. Monsieur ou plutôt m'sieur, suivi du prénom.

« — Ça fait trois-zéro, on change les équipes et on recommence. Allez, m'sieur Jules !

— OK ! David, tu passes avec nous ?

— Si vous voulez.

— C'est bon, on recommence ? Les deux, sur le côté, vous venez jouer ? Toi oui, super, t'es avec nous ! Toi non, ben tant pis ! »

Leurs situations sont toutes plus compliquées et dramatiques les unes que les autres. Pour moi, la base, c'est de les respecter, les accompagner comme des personnes ordinaires qui ont des vécus extraordinaires. Chaque fois que je réussis à leur apporter un petit quelque chose sur la forme, comme un simple moment de plaisir, ou sur le fond, comme perdre un échelon sur l'escabeau du mal-être, c'est un grand sentiment de bonheur. J'adore mon métier.

Et le match avance. Ils ont l'air plutôt heureux. Ça court, ça passe, ça marque, ça se congratule, ça s'encourage, ça râle. C'est un bon moment, je suis toujours content de les voir s'amuser, faire preuve de solidarité, sourire tout simplement.

Et c'est pour ça que j'ai fortement réagi quand l'un d'entre eux a rompu bêtement ce moment simple, mais convivial. Ça commence par la frustration d'une défaite qui s'annonce. Parce que c'est vrai que beaucoup d'entre eux vivent les choses avec beaucoup d'intensité. Un match de foot peut devenir le moment de montrer des capacités dont tellement de gens ont douté. Il peut être l'occasion d'emmagasiner de cette confiance dont ils manquent tellement, en général. Montrer des choses au groupe, se prouver qu'on peut réussir, être gagnant.

S'ensuit une petite faute clairement involontaire, une réaction un peu excessive amenant immédiatement une insulte, une provocation à laquelle l'honneur interdit de ne pas répondre. Une empoignade, un coup, une légère bousculade que l'élan collectif annihile rapidement, et puis cette phrase méchante vouée à vexer en tablant sur une vérité que l'adversaire connaît et qui ne lui fait pas plaisir.

— De toute façon, t'es un gros porc incapable de faire du sport. Va crever à la cantine !

J'ai vu là toute la détresse d'un être que l'on venait de toucher en plein cœur. L'insulte a fait mouche. J'ai d'abord cru qu'il allait s'effondrer, pleurer toutes les larmes de son corps devant un rappel de ce surpoids qu'il vit tellement mal, mais les nerfs ont pris le dessus et il a fallu toute l'énergie de plusieurs membres des plus costauds du groupe pour l'empêcher d'aller violemment régler ses comptes. Surtout que l'autre, en face, il n'aurait pas fui le contact.

Après avoir participé à maîtriser la furie de ce pauvre gamin, clairement victime sur le coup, du moins à mes yeux, j'ai été à mon tour rattrapé par mes nerfs, tellement la méchanceté gratuite de ce gosse avait pu faire de mal à celui qui habituellement était l'un de ses meilleurs potes. J'ai hurlé :

— T'es qu'un imbécile ! Tu sors, Diego !

— C'est lui qui cherche.

— Je veux plus t'entendre. Va aux vestiaires !

Il s'est éloigné, très énervé. J'ai perçu une insulte que j'ai fait semblant de ne pas entendre. Une porte a claqué et le calme est revenu. Il fallait finir la séance, mais le cœur n'y était plus. On a gagné du temps, meublé, puis enfin l'heure de la récréation est venue…

Chapitre 12 : Bats le rappel

On est en 2006. J'aime passer du temps derrière ma fenêtre. Surtout en hiver. Je regarde mon petit bout de jardin ou plus au loin, quelques arbustes, un champ. Cela peut sembler immobile, à moi jamais ! Déjà, il y a les oiseaux. Des moineaux, des rouges-gorges, des pigeons, des hirondelles, des corbeaux un peu plus loin. Ils sont formidables. Je leur mets toujours des petites choses à manger. Des miettes de pain, quelques restes de mon assiette ou des blocs de gras. Ils ont vite compris.

C'est sans cesse des approches discrètes, observations des alentours puis repas souvent interrompus par des rivaux qui ont sans doute laissé la priorité afin de vérifier qu'il n'y avait pas de danger, avant de venir piquer la place. C'est un ballet incessant.

Alors, j'ai acheté deux petits abris que j'ai installés

tant bien que mal en hauteur pour leur prochain nid. Comme prévu, ils ont fait d'incessants allers-retours avec des petits bouts de mousse, de paille, toujours soucieux d'être discrets, mais ils se sont installés dans un arbre à quelques mètres de mes abris totalement snobés. J'ai compris ! L'emplacement ne leur convient pas. Sans doute en fonction de normes de sécurité que j'ignore. L'année prochaine, je les déplacerai et je suis sûre qu'ils s'y installeront.

Et puis il y a l'arrivée des petits. Alors eux que les parents ont soigneusement placés à l'abri des regards, cachés des dangers du quartier, notamment des chats, il n'y a pas mieux pour foutre en l'air les plans des parents. Ça braille, ça appelle, ça réclame et les parents font des allers-retours, au grand dam des pauvres vers ayant fait l'erreur de sortir de terre et engloutis sans sommation par les morfals. Puis les oisillons s'envolent dans un spectacle des plus impressionnants. Ils deviennent grands et reviennent ici faire leur nid à leur tour. Le cycle de la vie.

Et les cycles, ce n'est pas que pour les animaux, c'est aussi pour les saisons et leurs décors. Les ambiances, les couleurs, les paysages sont toujours différents. Le soleil, la neige, le brouillard, la pluie donnent aux petits êtres des tas de comportements adaptés à la vue, des tas d'aspects différents.

J'aime regarder par ma fenêtre, j'adore aussi

bouquiner bien installée dans mon fauteuil, préparer des petits plats, pour moi et mes voisins. J'aime ma petite sieste, mes petits programmes télé, nettoyer et entretenir mon petit jardin, ma petite maison. J'apprécie ma petite bière chaque soir et mes deux petits apéros du samedi et dimanche midi qui me donnent toujours cette petite impression de « planer » quelques heures. J'aime mon petit bain quotidien, le moment de m'habiller chaudement et m'installer près du feu, mon petit café après le repas. Jamais loin de ma fenêtre.

Surtout aujourd'hui. Bon, d'habitude, l'idée de regarder dehors, c'est celle d'être contemplative, dans le calme, patiente. Mais pas aujourd'hui. Aucun mercredi à quatorze heures ni aucun samedi à dix heures trente. Là, les oiseaux, les couleurs, les arbres, je les vois, mais je les regarde à peine.

Logiquement, ils passent par le jardin, alors je scrute. Moi qui suis le calme personnifié, là, je tourne en rond puis retourne, impatiente. Une vraie pile électrique !

Et puis, soudain, on frappe à la porte. Je ne fais semblant de rien, mais je l'attendais, ce moment. Bon, j'avais prévu une arrivée par le jardin, mais ça n'a aucune importance. Ils sont arrivés. Je suis heureuse.

C'est rare qu'un gamin consacre du temps à une personne de mon âge. Enfin, un gamin, il approche la vingtaine, mais pour moi, c'est tellement jeune. C'est d'ailleurs rare à cette maudite époque que quelqu'un s'intéresse aux autres. À un vieux que l'on ne connaît pas, cela relève presque de la science-fiction. Et pourtant, ce mercredi, comme chaque semaine, il se présente à moi.

Je me suis surprise à courir. À mon âge, quelle inconscience ! Juste avant d'ouvrir, j'entends le chien gratter à la porte. J'ouvre, il se faufile comme d'habitude entre mes jambes, manquant une fois de plus de me faire tomber, pour foncer vers la porte du jardin. Nouveau grattage énergique. Le gamin, bien informé de cette habitude, l'a suivi. Il ouvre et le chien se précipite dehors pour une inspection approfondie du jardin, en bonne et due forme.

Pendant ce temps, nous on s'assied. Je sers le café au gamin, une tasse pour moi et on commence à bavarder. Parfois, on parle de tout et de rien. Parfois, on refait le monde, et parfois on se confie. On se raconte nos vies. Ce jour-là, il m'a expliqué qu'au début, il n'aimait pas trop promener le chien ni aller voir la « grand-mère ». Il le faisait pour se faire bien voir, s'acheter une conscience qui lui avait longtemps fait défaut. Il avait échangé, observé, grandi, mûri et enfin compris que certains humains pouvaient avoir des comportements positifs, être attentifs aux autres, s'attrister de leurs problèmes, souhaiter leur bonheur. Eux valaient la peine. Il voulait devenir de ceux-là. Alors il se forçait un peu. Enfin au début.

Je lui ai sincèrement dit que c'était bien normal

et que moi-même, au départ, je voyais surtout de cette relation la possibilité de sortir me promener. Un peu plus vite, un peu plus loin. On a ri. C'est vrai que c'est amusant de constater qu'on avait fait un gros effort pour se rencontrer puis, qu'aussi vite, c'était devenu un moment attendu, sacré pour l'un comme pour l'autre.

Le café terminé, j'ai proposé qu'on parte la faire, cette balade, mais j'ai senti qu'il était contrarié. On se comprenait tellement bien. J'en ai vite conclu qu'il avait encore besoin de parler un peu, avant de nous promener. Et là, c'était très simple :

— Sinon, ça va toi ?

C'était largement suffisant pour amorcer la pompe à parole, si tant est que je ne me sois pas trompée sur son envie de discuter encore un peu.

— Oui, oui ! Je ne vais pas t'embêter avec mes petits soucis.

Il a vite compris que cette phrase était aussi agaçante qu'inutile. Mon regard l'y a aidé.

— Ben, c'est tout à l'heure, je me suis fait engueuler au sport, ça m'a saoulé. Y'a encore pas si longtemps que ça, ça se serait pas passé pareil, j'aurais jamais accepté ça.

— Qu'est-ce qu'il s'est passé ?

Lucky, rentré de son inspection, nous épiait depuis un moment. D'abord calmement, allongé face à nous, de sorte à avoir le meilleur poste d'observation. Puis, une fois les tasses vides, des mouvements plus vifs et nombreux, il a considéré qu'il était temps. Il nous l'a fait savoir. Il s'est levé, est venu poser sa tête sur mes genoux, comme pour demander de se mettre en route.

Je lui faisais des caresses. Il trouvait sûrement ça agréable, mais chaque chose en son temps. Là, c'est l'heure de la balade. Alors, face à ce manque de réaction, il est passé à la vitesse supérieure. Il a commencé à s'agiter, s'est approché de Diego et lui a mis brusquement ses deux pattes avant sur les genoux en jappant légèrement. Il est redescendu, a fait un tour sur lui-même, et hop ! Il a sauté vigoureusement sur Diego en aboyant un peu plus fort. Puis il s'est figé face à nous, oreilles dressées, la queue battant la chamade. Le message ne pouvait être plus clair, il était reçu cinq sur cinq. Alors Diego m'a dit :

— Viens, on sort ! Je t'expliquerai ça en route.

Je me suis levée, j'ai demandé s'il faisait froid dehors, j'ai mis le manteau adapté à la réponse. J'ai mis mon chapeau, débarrassé les tasses du salon et me suis approchée de la porte d'entrée à laquelle était collé le nez du chien impatient. Diego a ouvert, Lucky a bondi. J'ai tendu le coude, Diego m'a affectueusement pris le bras et nous sommes partis.

— Alors, raconte !

— Ben, y'a un gars au foyer, il a pas un bon comportement. Il vole au magasin du village. Pourtant, on le connaît bien, le proprio. Il est toujours super gentil avec nous. Ce gars-là profite des petits aussi. Il leur fait peur pour qu'ils soient à sa botte. Avant, j'en aurais rien eu à foutre. Chacun sa merde ! Mais là, ça fait un bout de temps que ça monte. Je sens bien que ça m'énerve de plus en plus, mais justicier, connaissant mon parcours, ça colle pas trop au personnage. Bon, à moi, il fait rien ! Il n'oserait pas, mais je vois son manège avec les plus faibles et j'ai de plus en plus de mal à l'accepter. Tu sais, chez nous, en principe y'a un code. On se mêle le moins possible des affaires des autres. Mais je sens depuis un moment que je vais réagir, il va trop loin.

— Ben, faut en parler aux éducateurs.

— Oh, tu sais, dans le code, il y a plusieurs articles ! Il y en a un qui stipule que ces histoires-là, on les règle entre nous. On balance pas, quoi !

— Oui, mais les pauvres gamins…

— C'est pour ça. Je supporte plus non plus. Il m'énerve trop. Mais là, c'était pas le moment. Pour un match de foot, ça n'en valait pas la peine et puis je l'ai traité de gros, ce n'était certainement pas la bonne réaction, pas au bon moment. Mais moi, je sais pourquoi j'ai envie de m'en prendre à lui, je sais qu'il mérite de se faire remettre à sa place alors quand Jules m'a engueulé, reproché mes propos, j'ai ressenti une injustice. J'ai trouvé qu'il aurait pu se douter qu'il y avait autre chose. Il aurait dû essayer de creuser, comprendre le fond du problème, là, il m'a engueulé comme si je pouvais encore être mesquin, comme ça, gratuitement. Ça m'a déçu. Ça m'a ramené en arrière. Pas cool !

— Jules, il est comme tout le monde. Il peut être fatigué, se tromper, mal réagir. Mais tu sais mieux que moi que c'est un super gars et qu'il t'apprécie beaucoup. Il se donne à fond pour vous, et particulièrement pour toi. Vous avez un rapport privilégié, il sera toujours à l'écoute. Explique-lui tout ce que tu viens de me dire, il comprendra et prendra les bonnes décisions pour arranger ça. Tu ne vas pas lui en vouloir pour si peu ?

Et je me suis s'arrêtée. J'ai tourné la tête vers lui, d'un air grave et sévère. J'ai maintenu ce regard, il n'a eu d'autre choix que de se tourner, lui aussi, vers moi.

— Regarde-moi, regarde-moi bien ! Tu vas me faire la promesse d'aller parler à Jules et plus vite que ça !

Croyez-moi ! Là, c'était un petit garçon. Il n'aurait pas osé rigoler.

— Alors ?

— Oui, je promets !

— Comment ? Je n'entends pas bien, je suis vieille.

— Oui, je promets d'aller parler à Jules !

Je lui avais lâché le bras lors de cette courte halte. Lucky qui gambadait joyeusement, parfois un peu loin, gardait toujours un œil sur nous. Cet arrêt lui avait semblé suspect, il nous avait rejoints, sautillant près de nous comme pour nous dire : « Allez on continue ? »

On s'est regardé, mais pour l'un comme pour l'autre, ça devenait compliqué de garder notre air grave. On s'est décrispés d'un coup. On a souri, on s'est souri et on a ri franchement. Je lui ai fait une légère, mais franche accolade lui glissant un dernier :

— Je compte sur toi !

Puis il m'a repris le bras et on est reparti, au grand plaisir de Lucky galopant au loin, tout en surveillant qu'on arrête de traîner.

En fait, avec Lucky, soit on avance régulièrement, soit on s'arrête et on s'assied. Comme ça, il peut s'amuser, mais nous a toujours à l'œil. Par contre, marcher puis s'arrêter, remarcher, stopper, ça ne lui convient pas du tout, et il ne se gêne pas pour venir nous le faire remarquer. Il nous fait entière confiance, mais il a grand besoin de sécurité, peur de se perdre, de nous perdre. Séquelle de sa vie d'avant.

On est rentré. J'ai reposé mes affaires, fait un bisou au gamin, une caresse au chien et je les ai regardés partir par ma fenêtre. Diego s'est retourné, m'a fait un dernier signe. Le chien à ses pieds a lui aussi regardé par ici. Je les ai salués, les ai regardés s'éloigner et je suis retournée à mes occupations, fatiguée, mais heureuse, sereine.

Évidemment, cette vie quotidienne agréable et rassurante, j'aurais tout donné pour la partager avec Albert et mon petit. Recevoir la visite régulière de notre fils, de petits-enfants peut-être. Le destin en a décidé autrement, mais pour ce qu'il me reste à vivre, je suis parfaitement et profondément apaisée. Je suis de retour chez moi. Mes racines coupées ont repoussé grâce à monsieur Marton et ceux qui ont œuvré à ce que ce soit possible financièrement, médicalement, et qui ont organisé ce retour aux sources salvateur…

Chapitre 13 : L'appel et le clochard

Je ne suis pas vieux, mais dans ma vie professionnelle, j'ai déjà gagné beaucoup d'argent. Oh, je ne l'ai franchement pas fait exprès. Ça n'a jamais été un objectif, ça s'est fait comme ça. Malgré tout, c'est sécurisant, agréable d'avoir un compte en banque bien rempli. Ça permet de ne pas stresser pour un quelconque aspect matériel, une fin de mois, une facture inattendue et de savoir qu'en bon gestionnaire, ce sera toujours le cas.

Ça permet aussi de mettre ses proches à l'abri et même ses futurs enfants, pas encore conçus, mais déjà clairement désirés. Ça permet aussi de se faire plaisir, même si la notion de plaisir liée aux richesses est parfois incongrue. La folie dépensière peut atteindre des sommets. Je peux en attester personnellement. Non, pour moi, le plaisir ne se compte ni en chevaux fiscaux ni en carats, en rien de ce que le grand luxe propose et qui frise à mon avis à l'indécence. Mais le confort, tous les plaisirs simples sont accessibles à volonté et ça, c'est vraiment plaisant !

Je viens d'un milieu où l'argent était très loin d'être le centre de tout. Sans doute en partie parce que l'on n'en a jamais manqué, mais aussi, parce que l'éducation reçue n'était pas de celles qui considéraient que l'argent fait le bonheur.

Alors, c'est vrai qu'au début, avec de grosses rentrées d'argent, on est un peu perdu. Et puis très vite, on imagine ce que représente, selon soi, le concept « d'être confortablement à l'abri ». Une belle maison, une voiture neuve, une 2 CV retapée de fond en comble, un chalet à la montagne, un petit 4x4 pour y circuler, quelques appartements pour les loyers, un gros coup de main aux proches, deux comptes en banque garnis pour aider les futurs enfants. Bon, un petit peu plus pour la sécurité absolue et puis le reste… Il peut bien, que dis-je, il « doit » profiter aux autres.

Et pour ça, ce ne sont pas les idées qui manquent. C'est d'ailleurs la raison de ma présence ici aujourd'hui.

— Bonjour, monsieur Goinfran !

— Bonjour, monsieur ?

— Il n'a pas de monsieur qui tienne, appelez-moi Fred, comme tout le monde.

— C'est vrai que vu votre âge, je pourrais être votre

père. Alors, on y va, Fred ? OK, voilà ! Vous auriez ici une nouvelle salle pour l'association, là, une nouvelle cantine, là, une cuisine didactique disponible pour la formation des futurs élèves de la filière restauration, là, une salle omnisport ultra moderne.

— Oui, ça a l'air intéressant monsieur Goinfran. Il faut qu'on creuse encore un peu, mais ça tient la route, il me semble.

La porte s'ouvre bruyamment et l'entrée de ce nouvel interlocuteur ne se veut visiblement pas discrète malgré un retard assez conséquent.

— Ah, te voilà toi ? Toujours en retard ! Ça fait une demi-heure qu'on t'attend pour te présenter le projet.

— Bah, on va faire un petit résumé pour monsieur. Monsieur ?

— Il n'y a pas de monsieur qui tienne non plus pour lui. Surtout qu'il ne le mérite pas à nous faire poiroter comme ça. Appelez-le Jules ! C'est mon frangin.

— Ah, très bien ! Enchanté Jules ! Moi, je suis monsieur Goinfran, architecte.

— Bonjour, monsieur ! Vous savez, pour vous, votre bien-être, il est temps que j'arrive. Vous me remercierez tout à l'heure. Parce que lui, il a l'air cool comme ça, mais en vrai, il va vite vous saouler. Il a des qualités, c'est vrai, je ne le conteste pas. Mais il est pointilleux, exigeant, hésitant. Bref, si je n'étais pas là, il vous ferait passer une journée pénible. Croyez-moi !

Je pense que l'architecte a remarqué mon sourire complice. Mon frère a toujours aimé le cinéma, le côté théâtral. Il adorait parler, la ramener. Être en retard ne le mettait visiblement pas du tout mal à l'aise. Mieux, il nous a fait une entrée digne d'une pièce de boulevard. Selon moi, il avait regardé un film policier la veille. Il voulait faire le gentil client et me présenter comme le chiant de service, un peu comme les duos de flics de choc. Il souhaitait sans doute jouer ce rôle pour prendre l'ascendant sur monsieur Goinfran, pour nos discussions à venir, notamment celles des financements. Ou alors, plus probablement, arriver avec une grande tirade l'amusait, tout simplement. En tout cas, moi ça me faisait bien marrer.

— Alors, monsieur Goinfran, pourriez-vous me résumer le fruit de vos riches échanges avec mon cher frère, avant ma divine apparition ?

L'architecte n'était pas né de la dernière ondée. Il avait visiblement vu venir le personnage, gros comme un immeuble. Et comme il ne manquait pas non plus de répartie, il s'amusa à son tour à répondre sur le ton sérieux et officiel, volontairement utilisé par Jules pour faire le comique.

— Il va sans dire, mon cher Jules, que « divine » est un faible mot. Votre arrivée fut pour le moins archangélique et non moins providentielle.

Là, il faut admettre, il était tombé sur un client en

termes de répartie, le Jules. Ça a eu le mérite de le faire taire momentanément. L'architecte profita de cette porte de tir pour reprendre :

— Voyez, ici, de la rue, on a une vue et une idée d'ensemble. Voilà donc le topo ! Là-bas, le terrain susceptible d'agrandir les capacités d'accueil de l'association d'aide aux animaux maltraités. Au bout de la rue Saint-Pierre, l'endroit où vous pourriez ériger huit mobil-homes tout confort pour accueillir des personnes âgées dans le cadre de l'association de monsieur Marton. Et ici même, juste en face, l'emplacement de l'agrandissement des locaux de votre foyer d'accueil pour jeunes avec six chambres de deux supplémentaires, la cuisine didactique et la salle de jeux vers l'arrière. Attenant, sur la gauche, vous auriez le local pour donner plus d'espace au magasin de ventes directes des produits du terroir dont s'occupe Alexandre, le mari de la coiffeuse, et enfin, là-bas, sur la droite, la mise en place du complexe sportif pour l'école, le club de basket et autres projets du village. Ah oui ! J'oubliais, réhabilitation complète de la salle des fêtes au centre du village ! Pour compléter ce projet, avec les deniers de la mairie, monsieur Marton souhaite repaver le centre du village, y ajouter de grands bacs à fleurs, reboiser le secteur « Noisil » nettoyer le lac, rafraîchir ses alentours. Bon, là, je sais qu'il y a discussion, votre frère préfèrerait y garder un aspect sauvage. À suivre !

— Ah quand on parle du loup ! Voilà monsieur Marton !

— Bonjour Monsieur le Maire !

— Bonjour Fred. Ça va Jules ? Bonjour monsieur. Ravi de vous voir. Vous me résumez tout ça monsieur Goinfran ?

J'ai cru qu'il allait s'effondrer, le pauvre architecte. Mais pas du tout ! Très professionnel, il a recommencé à zéro, repris toutes ses explications, pour la troisième fois. Une fois celles-ci terminées, le maire a repris la parole :

— OK ! C'est super prometteur. Encore quelques détails à voir, mais on a bien avancé. Par contre, j'ai faim moi, pas vous ? Ça ne vous dit pas de continuer cette conversation devant un bon petit plat au Central ? D'ailleurs, lui aussi il faudra qu'il s'agrandisse un peu. Il est débordé, victime du succès de ses spécialités et de sa bière locale que je vous propose, monsieur Goinfran, de découvrir avec nous.

— Très bien, j'ai hâte, allons-y !

Bon, on peut dire que, ce jour-là, on a joint l'utile à l'agréable. On a super bien avancé sur l'évolution des projets, maman nous ayant rejoints par la suite au Central. On a également, comme prévu, goûté la bière locale, et d'autres un peu moins locales, pour comparer. Monsieur Goinfran a dormi dans une chambre du Central. Il n'a repris le volant que le lendemain, c'était bien plus raisonnable…

Chapitre 14 : Appel d'urgence

Pas de précipitation. Mes clefs ! Où sont ces foutues clefs ? Pas dans mes poches, bien sûr. Pas à leur place habituelle, évidemment. Du calme ! Ça va aller. Sur la table du salon ? Non ! Faut vraiment que j'y aille. Où peuvent-elles bien se cacher ? Bon, on refait les poches, celles de ce manteau, le dernier que j'ai porté. Rien ! Je les ai utilisées hier soir, je suis rentrée et… Qu'est-ce que j'en ai fait ? Je ne sais plus !

Fouiller partout c'est la seule solution. Salon ? Cuisine, salle de bain, tout est possible. Non, j'ai fait le tour, je ne les retrouverai jamais. Pas maintenant, ce n'est pas possible ! Bon, je vais appeler au secours. Non, j'abandonne ! J'y vais à pied ou en vélo ?

Je me précipite vers la porte et là, pendouille le porte-clefs Snoopy. Elles étaient tout simplement sur la serrure… Ce n'est pas vrai !

Je démarre la 206, nerveusement. Je cale. Je redémarre plus calmement, je me reprends un peu. Conduire posément, concentrée, ça va aller ! Le cabinet médical est tout près. Cinq minutes suffisent en voiture. À peine plus en vélo, moyen de transport que je préconise habituellement. Mais là, il y a urgence.

Je me gare et entre dans les locaux flambants neufs du cabinet médical.

À la réception, j'explique que le docteur m'a appelée au sujet de madame Flouet. On me demande de patienter quelques instants.

Je m'installe dans la salle d'attente. Je ne connaissais que de vue la secrétaire qui m'a accueillie. Elle est nouvelle. Elle est très gentille en tout cas. Après un bref regard sur les magazines people et de décoration, les affiches de prévention de toutes sortes, je sors mon téléphone pour voir si je n'ai pas de message. Bon, en fait, juste pour passer ce temps qui me semble long.

Ce moment d'attente fébrile me rappelle le lendemain de ce voyage. Le matin où j'ai pris mon téléphone après cette courte nuit passée bien plus à cogiter qu'à dormir. La composition du numéro me semblait déjà une épreuve. La peur d'une mauvaise nouvelle montait considérablement au fur et à mesure que les sonneries retentissaient. Quelqu'un a décroché, le « allo ! » a retenti. Trouver les mots.

— Monsieur Signat ?

— Oui !

— Bonjour monsieur. Je suis la dame qui est venue chez vous hier avec ce pauvre chien. Je voudrais avoir de ses nouvelles. Comment va-t-il ?

— Écoutez, il est encore trop tôt pour crier victoire, mais il boit plus régulièrement et a même mangé quelques croquettes ce matin.

— Oh, merci pour ces bonnes nouvelles ! Je vous rappellerai vite. Bonne journée à vous et caresses au chien !

Ce souvenir m'accompagne dans cette attente pénible. Et puis, enfin, le docteur est arrivé. Je dis « enfin » parce que j'étais impatiente, mais en fait, moins de dix minutes s'étaient écoulées depuis mon arrivée. Je me suis levée, suis allée à sa rencontre, scrutant son regard pour, déjà, essayer d'y déceler des signes relatifs à des nouvelles, bonnes ou pas.

Il m'a tendu la main avec un léger sourire, mais je savais qu'il ne fallait pas s'y fier. Ça ne voulait rien dire. Un médecin, même avec une mauvaise nouvelle, vous fait toujours un sourire. Par politesse, pour détendre l'atmosphère, si besoin pour apaiser. Ici, en l'occurrence, au-delà de la réaction d'usage, le sourire annonçait une bonne nouvelle.

— Tranquillisez-vous, elle va bien ! Rien de grave.

— Oh, vous me rassurez docteur ! Mais que s'est-il passé exactement ?

— Elle sortait de chez le coiffeur et elle a fait un malaise. Elle est tombée. Heureusement, un passant a remarqué son visage livide et a pu anticiper. Il a amorti la chute. Ensuite, ils nous ont appelés. On est à côté. Je suis allé sur place, elle est vite revenue à elle et on l'a emmenée ici. Elle titubait un peu, c'est ce qui était impressionnant, mais en fait elle n'a pas grand-chose. Elle n'a pas mangé ce matin, il fait chaud, elle ne s'est pas bien hydratée. Maintenant, ça va !

— Merci docteur ! Je peux la voir ?

— Oui bien sûr. Suivez-moi.

— Au fait, votre nouvelle collaboratrice, elle est super gentille, accueillante.

— Ah oui, elle est arrivée en début de semaine ! On a une équipe complète maintenant.

— Deux médecins, deux infirmières, un kiné, deux secrétaires, c'est bien ça ?

— Oui ! Pas tout le monde à temps plein, mais c'est déjà pas mal pour un village comme le nôtre.

— À qui le dites-vous ? dis-je dans un grand sourire à la fois soulagé, heureux et satisfait.

Nous sommes arrivés dans la pièce où elle patientait, un verre d'eau à la main.

— Alors ça va mieux, madame Flouet ? demanda le docteur.

— Ah oui ! dit-elle en prenant une grande gorgée.

— Vous buvez, c'est bien.

— Ben, c'est que je me suis fait engueuler.

— Bah ! Vous ne serez pas punie. Regardez, je vous amène même de la visite !

— Alors ma Béné, t'as fait un petit malaise ?

— Oui, mais c'est de ma faute.

— Raconte !

— Je me suis réveillée tard et je ne voulais pas louper mon transport pour aller au centre, chez le coiffeur. Alors, j'ai rien mangé, rien bu. Ça allait bien, mais j'ai commencé à avoir très chaud au moment du shampoing. Après, ça a été mieux, mais ça a recommencé pendant le brushing. En sortant, j'ai senti que je n'étais pas trop bien, mais je ne voulais embêter personne. On peut dire que c'est réussi !

— Ça, c'est sûr !

— Bon après, tout le monde a été formidable ! Le docteur est arrivé très vite, il m'a auscultée et puis il m'a engueulée.

— Ça, c'est la bonne nouvelle ! On n'engueule pas les morts. Tu vas super bien, c'est l'essentiel. Tu veux que je te ramène ?

— Ben, le docteur a dit que si je bois bien, je peux aller manger chez Aldo comme prévu, avec les copines. En plus, après on doit passer au magasin, ils ont reçu des fleurs. Et puis Olivier doit nous ramener vers quatre heures. Après, Nicole doit passer m'aider à faire le ménage, elle pourra vérifier que je vais bien.

— Ça vous convient docteur ?

— Si vous restez toujours avec quelqu'un, c'est d'accord !

— OK, ma Béné ! Tu fais comme prévu. Mais au moindre signe de faiblesse, tu demandes à Olivier de te ramener plus tôt.

À ce moment-là, je me suis dit que si Béné pouvait rentrer chez elle si facilement, si elle pouvait y rester vivre, c'était grâce à tous ces gens. Entre ses voisins, les différentes aides à domicile, la proximité du magasin, les livraisons de repas, le cabinet médical, les infirmières et Olivier, Béné avait des contacts chaque jour, des visites, des appels sur son portable. Si le moindre problème survenait, on s'en rendrait bien vite compte et la réaction serait immédiate. Ça rassurait tout le monde et en premier lieu Béné et ses amis du quartier, qui vivent d'ailleurs dans la même situation de confort et de sécurité qu'elle. De ce fait, ces personnes âgées pouvaient rester chez elles jusqu'au bout de leur vie, veillant les unes sur les autres et ayant à proximité toute l'organisation nécessaire au maintien à domicile.

— Je peux te demander un petit service ? me demanda Béné, timidement.

— Bien sûr !

— Si tu peux passer chez le coiffeur rassurer tout le monde. J'y passerai cet après-midi, mais là, ils doivent s'inquiéter.

— Pas de problème, je suis garée devant. J'y vais

tout de suite. Bisous et prends bien soin de toi !

— Merci pour tout ! Ça rassure de se sentir aussi bien entourée, tu sais !

— Oui ! C'est justement l'objectif, ma Béné. Allez, je me sauve. On se voit samedi comme prévu ?

— Bien sûr !

— Alors, à samedi ! Ou avant, si t'as besoin de quoi que ce soit. Docteur, j'y vais, merci pour tout !

Mes clefs… Ah cette fois, je les trouve à la troisième poche fouillée. Une bonne moyenne. Je traverse la rue, fais quelques pas en respirant bien fort le bon air et je pousse la porte du salon de coiffure. Bien que la coiffeuse soit occupée avec une cliente, je n'ai pas eu le temps cette fois-ci de feuilleter les magazines.

— Bonjour, Jeanne ! Alors, comment va-t-elle ?

— Bien ! Un simple coup de chaud, une petite déshydratation.

— Ah, me voilà rassurée.

Et elle lance à la cantonade :

— Béné va bien ! Juste un petit malaise !

On a perçu un gros « ouf ! » général et tout ce petit monde s'est vigoureusement réjoui de cette bonne nouvelle. Je suis repartie soulagée. Une fois dans la rue, mes clefs en main, j'ai entendu la porte du salon s'ouvrir et quelqu'un crier mon nom :

— Jeanne ?

Je me suis retournée :

— Ah, on a eu peur, tu sais ! C'est génial que le

docteur ait pu arriver si vite.

— C'est un bel élan de solidarité. C'est qui d'ailleurs qui a rattrapé Béné au vol ?

— C'est un agent municipal, Nicolas, je crois ! Ça ne fait pas longtemps qu'il travaille à la mairie. Ça bouge tellement ici ! On voit régulièrement de nouvelles têtes.

— Ben, t'avoueras que des nouvelles têtes pour une coiffeuse, c'est plutôt porteur.

— Ah, c'est sûr ! On ne se plaint pas.

— En tout cas, vous avez assuré tout à l'heure. Si vous n'aviez pas été là, ou moins réactifs, ça aurait peut-être été plus compliqué pour Béné. Merci Sandrine !

Chapitre 15 : Appel du cœur

On était en 1992. J'étais dans un train. J'avais dix-sept ans. Je partais faire de l'animation dans une colonie d'un mois avec des petits de neuf à onze ans. Au départ, je n'étais pas ravi, pour tout dire. Je n'avais jamais quitté aussi longtemps le petit nid familial et encore moins pour m'occuper de gamins ! N'étant déjà pas toujours trop capable de m'occuper de moi-même, je n'étais pas rassuré du tout. En plus, pendant les grandes vacances, j'avais largement mieux à faire. Mais bon, ma mère voulait que je passe le BAFA. Ça me ferait gagner un peu de sous et ajouterait une ligne à mon CV, disait-elle.

J'avais ce premier train jusque Paris, puis il fallait changer de gare pour rejoindre ensuite, la station de Valloire. Les petits, et moi par la même occasion, allions faire du rafting, de l'escalade, de la randonnée, entre autres. Déjà, les changements de gare et de train, je ne le sentais pas bien, enfin on verrait ! Je ne suis pas non plus de nature à me faire trop de mouron.

Le train, avant Paris, faisait déjà quelques arrêts. Certains, je ne me souviens plus dans quels patelins, mais celui de Douai restera ancré dans ma mémoire.

Je regardais machinalement par la fenêtre dans un demi-sommeil, la tête écrasée sur le carreau. Quelques personnes descendaient, pas mal d'autres montaient, puis quasi plus personne sur le quai. Ça sentait le départ. Il y a même eu un coup de sifflet. Et là, une jeune fille est apparue au bout du quai, en courant super vite malgré ses deux gros sacs. Ça m'a réveillé. Elle semblait encore loin. Allait-elle rater le train ? Pire, trébucher et se faire très mal ? Si oui, le chef de gare prendrait-il de ses nouvelles ? Ce qui lui permettrait, sans doute, de monter à bord ? Mais dans quel état ?

En fait, je n'ai pas eu la réponse tout de suite. Mon angle de vue ne m'a pas permis d'assister à la fin de la scène. J'ai entendu un nouveau coup de sifflet, les portes se refermer et j'ai senti le train repartir. Le demi-sommeil m'a regagné à une vitesse n'ayant de comparable que la course de cette malheureuse retardataire. Cette fois, ma tête a choisi de basculer vers l'arrière. Le train a gagné sa vitesse de croisière, mes yeux se sont fermés et la porte du wagon s'est ouverte.

Tout le monde était installé depuis un moment.

Était-ce le contrôle des billets ? Ça méritait d'entrouvrir les yeux, même si ça me demandait un effort énorme. Le temps de vérifier ça. Et là, je vous confirme que mes yeux, mon cerveau, mon cœur n'ont pas regretté ce réflexe. La demoiselle entrée dans le wagon était juste sublime. Son air fatigué, perdu et même un peu effrayé n'enlevait absolument rien à son charme diabolique. Je dirais même qu'il y ajoutait. Franchement, j'étais subjugué.

Bon, il est vrai que j'étais très fleur bleue, je tombais amoureux facilement, le charme et la douceur des filles avaient sur moi un effet dévastateur. Mais là, je ressentais au fond de moi quelque chose de beaucoup plus fort que d'habitude. Comme si mon instinct me prévenait vigoureusement que cette fille au charme aussi dingue était forcément quelqu'un de formidable, gentille, rigolote, attentionnée, intéressante, douce et bien évidemment, sans aucun défaut.

J'étais plutôt timide. J'avais progressivement soigné et presque guéri un gros manque de confiance en moi qui au fil du temps, sans être inversé, me laissait globalement tranquille. Il pouvait, dans certaines circonstances, se rappeler à moi. Pour le coup, tout laissait penser que jamais je n'oserais adresser la parole à cette demoiselle qui n'avait objectivement que peu de raisons de s'intéresser à moi, partant du principe incontestable que tous les garçons qu'elle croisait ne pouvaient que tomber raides amoureux d'elle. Parmi tous les garçons, on imagine les plus beaux, les plus riches, les plus sûrs d'eux, les plus « promis à un bel avenir ». Bref, même si je pouvais me targuer d'un certain succès auprès des filles, là, c'était plus la même cour. Celle de récréation laissait la place à celle des grands.

Mais bon, toute cette réflexion que je n'aurais pu m'éviter si le destin avait choisi d'être différent, n'a pas eu lieu d'être. Parce que, figurez-vous qu'au bout de quelques secondes, la première personne à qui elle s'est adressée, c'est moi ! Eh, oui ! Mon charme ? Un ressenti réciproque ? L'envie folle de faire ma connaissance ? Vu la teneur de sa première phrase, on est en droit d'en douter :

— Excusez-moi, je crois que vous êtes assis à ma place !

Alors évidemment, déjà n'importe qui vous dirait cela, avec l'attention d'un wagon tout entier ayant le regard insistant de celui qui vous soupçonne, ça mettrait mal à l'aise. Mais là, évidemment, venant de la fille à laquelle vous vouliez faire la meilleure impression au monde… En plus, elle m'a vouvoyé. J'ai juste eu envie de disparaître, ne plus être là, tous les moyens étant bons, quitte à mourir. Mais, rien à faire ! Ce vœu, comme l'énorme majorité des autres d'ailleurs, ne s'est jamais exaucé. La vie a continué, la situation étant ce qu'elle était, il a fallu parer au plus pressé, éviter le pire, minimiser le ridicule.

Je pense sincèrement que je n'ai pas réussi. D'abord, parce que j'ai bégayé. Ensuite, parce que j'ai senti une vague de chaleur intense gagner mon visage malgré la clim et que la notion d'écarlate devait prendre tout son sens. Enfin, parce que ma main tremblante à la recherche de mon billet, à la lecture duquel je pourrais abréger ma souffrance, ne trouvait pas le chemin de ma poche, qui de toute façon n'était pas la bonne.

Que ce fut long ! Je me suis mis debout, toujours bredouillant. Cette fois, ce sont mes deux mains qui se sont affairées à trouver des poches, puis d'autres et enfin, le billet apparut. Lille-Paris, ça, c'est bon ! Train n° 4271. OK ! Wagon 7. Pas de problème ! Rangée 11. C'est bien ça ! Place 58. Ah ! Dans ce carré de places centrales, on allait du 55 au 58. J'avais le 56. Ce qui signifie que je m'étais assis en face du 56, donc au 58 qui était donc, en effet, la place de la demoiselle.

En face !

Je bredouille quelques mots d'excuse, si clairement et distinctement que, moi-même, je n'entends ni ne comprends la teneur du propos. Qu'à cela ne tienne ! La demoiselle s'empare de la place libérée, je m'installe à la mienne, les voyageurs s'intéressent à d'autres choses. Tout est réglé sauf, bien entendu, mon sentiment de mal-être qui ne s'est absolument pas atténué malgré le règlement amiable de cette situation.

Je n'ose pas relever la tête, croiser ce regard qui

n'aura aucune raison d'être amical. Mais pour mes yeux, passer de mes chaussures à la fenêtre, s'immobiliser, faire chemin inverse ne pouvait meubler les minutes qui passent et la promiscuité des deux sièges ne facilitait pas ma stratégie d'évitement. Et puis, avec le temps, je repris un peu de poil de la bête. Après tout, ce n'est pas si grave de se tromper de place, ça arrive à tout le monde. La curiosité et un besoin d'en savoir plus ont fait le reste. Entre le carreau et mes chaussures, j'ai osé un très furtif regard en face de moi. Juste au passage.

Il fut bref, mais je pourrais décrire assez précisément ce que je vis et ce que je ressentis. Qu'elle était belle ! Le coude, l'avant-bras et la main posés près de la fenêtre, le regard vers l'extérieur, les cheveux blonds sur l'oreille côté gauche, mais libres côté droit.

Je crois qu'elle a remarqué cette première marque visible d'intérêt de ma part. Elle m'a semblé, d'ailleurs, un tout petit peu plus tournée vers moi au deuxième regard vers elle. Et au troisième, mon Dieu, le troisième ! Elle me regardait elle aussi du coin de ce si bel œil bleu, et à cet instant, j'ai vécu la grande émotion. Dix sur l'échelle de la sensation. Furtivement, mais clairement, elle m'a fait un sourire, ancré dans ma mémoire à tout jamais.

Je n'ose pas lui parler, mais à chaque halte du train c'est mon cœur qui s'arrête à l'idée qu'arrivée à destination, elle se lève, prenne son bagage et disparaisse à jamais sur un long quai de gare, comme elle m'était apparue. Alors chaque fois que le train redémarre, je me promets de trouver au plus vite le courage de dire un petit quelque chose, prononcer, au moins, une phrase avant le prochain arrêt. Mais rien à faire ! Et ce qui devait arriver n'arriva pas. Oh, bien sûr, elle dut sortir du train à Paris, c'était le terminus. C'était aussi mon cas. Du moins, ma destination intermédiaire avant de reprendre, un peu plus tard, la correspondance pour Valoire.

J'avais gagné un répit. Mieux, comme ça se bousculait un peu pour récupérer les bagages, elle s'est retrouvée dans une difficulté salvatrice. Tous deux debout, à proximité, dans le couloir central, l'allure du train ralentissant nous faisait tanguer légèrement. Suffisamment en tout cas pour qu'elle manque deux fois, de peu, d'agripper son sac rangé en hauteur. J'ai donc, avec une voix éraillée et à peine audible, proposé de l'aide à la demoiselle qui m'a répondu d'un sourire. Le deuxième, quand même !

J'ai tendu les bras vers le sac. Ne nous y trompons pas, j'ai moi aussi vacillé légèrement, mais je suis parvenu tant bien que mal à atteindre mon but. J'ai alors fièrement présenté le bagage à sa propriétaire qui m'a remercié d'un sourire. Une fois n'est pas coutume ! Elle a également prononcé un mot, mais sa voix était aussi assurée que la mienne et j'ai cru deviner un merci. De toute façon, c'était trop court pour qu'elle m'ait dit : « Super ! T'es formidable, je comprends maintenant pourquoi je suis aussi brusquement tombée folle amoureuse de toi. » Non, peu probable !

Après tout, il n'y a qu'une sortie, une direction, un quai, un kiosque à journaux, c'est pas comme si je la suivais. Et puis, le hall est petit, c'est pas comme si je m'asseyais volontairement près d'elle, pour attendre mon prochain train.

En tout cas, elle m'a remarqué. Cette fois, il n'y a pas de doute. Et puis, fort du service que je lui ai rendu, elle ne devrait pas avoir le courage de m'envoyer balader. Alors, au moment où je me suis assis à côté d'elle, lorsque nos regards se sont croisés, et après avoir souri à mon tour, j'ai osé un captivant : « Ton voyage ne se termine pas là non plus ? »

Aie ! Qu'est-ce qu'il m'a pris ? Pourquoi pas : « Vous auriez du feu ? » ou « Vous habitez chez vos parents ? » tant que j'y suis ? Mais finalement, sans même être persuadé d'avoir eu le temps de rougir, elle m'a rétorqué : « Non, je ne suis pas arrivée ! »

Bon, ça va ! Même si ma phrase d'accroche n'était pas terrible, elle s'était gentiment mise au niveau avec une réponse adaptée. Et puis surtout, elle avait l'immense mérite d'exister, cette réponse.

Il fallait enchaîner sans avoir l'air d'hésiter et tant pis si mon « C'est encore loin ? » ne relevait toujours pas le niveau, le dialogue était amorcé. Bon, après, il est évident qu'un échange avec une fille aussi belle et charmante mériterait de se montrer plus intéressant, mais mon naturel timide me rendait plutôt satisfait, déjà, d'avoir brisé la glace.

— Oh, ben loin, c'est relatif ! Je vais à la montagne.

— Ah ! Pour les vacances ?

— Pas vraiment, je vais faire une colo.

— T'as ton BAFA ?

— Non, c'est justement pour le passer !

— Ah, c'est marrant, je le passe aussi !

— Ah, chouette !

Et là, croyez-moi, j'aurais plus facilement accepté d'abandonner dix ans de ma vie plutôt que d'entendre la phrase suivante :

— Excuse-moi, mais je n'ai pas trop l'habitude des voyages, j'ai peur de rater mon train, faut que je te laisse.

— Ah ! Et euh…

— Encore merci pour mon sac ! Bon courage pour ton BAFA et bonne continuation ! dit-elle en se relevant.

— Ben, toi aussi, salut… Mais attends, je connais même pas ton prénom !

— Ah, oui, désolée ! Je m'appelle Hélène.

— Moi c'est Fred.

Elle a pris son sac, s'est éloignée, s'est retournée et m'a gratifié d'un nouveau sourire, mais celui-là, contrairement aux précédents, n'a pas été agréable du tout. Il a même été douloureux.

Je me sens triste, mais c'est comme ça. Et puis, c'est vrai que moi non plus je n'ai pas trop de temps pour changer de gare. Faut aller de l'avant et dans l'immédiat, en métro de préférence. Je poursuis mon chemin, perdu dans mes pensées. Je parviens à la station correspondant à la bonne gare. Je trouve mon train, remonte le quai. J'arrive à la hauteur du wagon 18. Le mien, c'est le 21. Je me traîne un peu en longeant la voie. Je regarde machinalement dans le train, et là, je crois la reconnaître. Le chef de gare siffle. Quelle manie ! Pas le temps de badiner. Je trottine trois wagons plus loin, je monte. On se bouscule un peu dans le couloir étroit.

Pour beaucoup de voyageurs, on dirait qu'il y a urgence. Chaque passager trouvant sa place donne l'impression d'avoir trouvé le Graal. J'assiste, immobile, à ce piètre spectacle. J'attends que tout le monde se sente libéré, installé et je cherche le siège 36. Il est occupé et pas le 37. Sans doute que ce voyageur préfère être côté fenêtre. Il m'ignore royalement, tourné vers l'extérieur. Ça n'a aucune importance, je m'assieds au 37 sans chercher à en savoir plus. Je suis installé, mon esprit est libéré de toutes ces obligations d'organisation. Je retourne alors instantanément dans mes pensées.

Est-ce possible que ce soit-elle ? Après tout, elle m'a parlé de montagne. Moi aussi je vais à la montagne. Mais bon, j'hésite. Aller voir et constater que ce n'est pas elle, c'est-à-dire le plus vraisemblable, serait accompagné d'une grosse déception. Allez voir, avoir la surprise que ce soit elle, a priori, ce serait nettement mieux. Mais après ? Elle n'a pas montré une énorme envie de faire vraiment connaissance. Pas question de m'incruster et d'avoir l'air d'un lourd.

Ce qui pouvait paraître comme un sérieux dilemme n'a pas duré très longtemps. Il faut que je sache. C'est plus fort que moi, et puis on verra bien. Un peu plus tard, je prends mon courage à deux mains, je me lève, et je m'avance. J'ai très peur que ce ne soit pas elle et encore plus que ce soit elle. Je suis terrorisé. J'ouvre la porte du 20, traverse en essayant de reprendre mes esprits. Je passe au 19 que je remonte en inspirant et expirant le plus fort possible. J'arrive à la porte du 18. Elle serait à peu près trois rangs plus loin, sur ma droite.

Non ! Je n'ose pas et puis j'ai bien du mal à respirer, il n'y a pas d'air dans ces trains bondés, je reviendrai plus tard. Mon demi-tour a été le plus décidé et le plus rapide de l'histoire des demi-tours. Mais je me suis retrouvé nez à nez avec une dame âgée qui remontait également le train. Sans doute pour aller au wagon-restaurant ou pour rejoindre un gars qui lui a tapé dans l'œil et qu'elle a cru reconnaître. Va savoir !

Mais oui ! Par-là, il y a le wagon-restaurant. Dans le pire des cas, je passe vite fait par le 18 pour aller, comme beaucoup, boire un petit café. Bon, je n'ai pas pris mon sac, je n'ai pas un rond, mais c'est l'impression qui compte. Après avoir laissé passer la dame, je refais demi-tour. Ce qui nous fait un tour complet qui me remet dans le sens originel de ma marche et de ma démarche, et j'avance. Puis j'accélère. Suivre la dame de près peut me permettre d'observer plus discrètement. Oui, mais quand j'ai cru voir Hélène, elle était de face, c'est-à-dire qu'en remontant le train, elle sera de dos. Je devrai me retourner. Pas question ! Ou alors, je vais jusqu'au wagon-restaurant, j'y traîne cinq minutes comme celui qui a bu un café et je reviens, dans le bon sens, face à mon objectif. Oui, mais je n'aurai alors plus mon bouclier humain pour passer discrètement !

C'est fou ce que le cerveau humain peut mouliner en si peu de temps ! Il est, ni plus ni moins, capable d'échafauder un plan digne d'une attaque militaire de la plus haute importance en quelques minutes. Rien n'est laissé au hasard., c'est l'impression que cela donne. Alors, OK ! Je fonce. Si j'ai « l'ouverture », je me retourne en fermant la porte suivante donnant sur le 17. Sinon, je vais jusqu'au 14, au wagon-restaurant. Je m'y pose pendant cinq bonnes minutes, discrètement pour ne pas que le serveur me demande ce que je veux consommer, puisque je n'ai pas un sou sur moi, puis je repars dans l'autre sens, dans l'idéal derrière un autre voyageur. Je reviens au 17, fixe de loin l'endroit approximatif où se trouverait l'objectif. Là, je valide ou non sa présence. Juste un constat. Je ne m'arrête pas, quoi qu'il arrive.

Je reviens à ma place, je souffle et en fonction de mes constatations, je réfléchis calmement à la suite du plan à prévoir. Parfait !

C'est parti ! Je passe la dernière porte, regarde sur ma droite vers l'endroit fatidique. Je m'approche de l'emplacement ciblé. C'est un des quatre sièges, là, juste devant. Le siège de dos, côté fenêtre. C'est là que j'ai cru la voir. C'est sûr ! Ah, je ne vois rien, seulement une personne emmitouflée dans un gros blouson, la tête appuyée sur le côté, contre un sac. Faut que j'avance, je ne sais pas. Arrivé à la fin du wagon, j'ose un rapide retourné au moment de franchir la porte. Mon angle de vue est exécrable. J'entraperçois des cheveux longs, sous le gros manteau. Sans doute une fille. Hélène a les cheveux longs. Je suis mon plan à la lettre. Wagon-restaurant, attente, retour. Je remonte le train à nouveau. Cette fois, je serai dans le bon sens. L'heure de vérité a sonné. Je ressens à nouveau des difficultés à respirer. Allez, pas le choix ! Je m'approche, c'est plus clair, c'est bien une fille aux cheveux longs qui dort. Les cheveux sont blonds, c'est elle !

Passer près, confirmer, retourner à ma place, reprendre mon souffle et réfléchir à la suite. Je ralentis et comme par magie, le manteau bouge, la tête se redresse, elle se réveille, pile-poil quand je passe. Elle ouvre les yeux, s'étire légèrement. J'ai quasiment arrêté ma progression. Je suis subjugué, presque immobile et contrairement au plan initial, je la regarde. Je la regarde bien. Et… C'est pas elle !

Cette pauvre demoiselle, à peine sortie du sommeil, se trouve presque nez à nez avec un inconnu qui la fixe. Ça doit être flippant. Il ne m'a pas fallu longtemps pour réaliser ma terrible méprise et le ridicule de la situation. J'ai donc tourné la tête, les talons aussi, accéléré sérieusement et je suis retourné à ma place. Je ne vous dis pas dans quel état ! J'étais persuadé que c'était elle, et en une fraction de seconde, tout s'est écroulé. Quelle sale journée. Il me saoule déjà ce séjour à la montagne !

Je suis resté prostré sur mon siège une bonne demi-heure. Ce voisin sans gêne dont je me foutais totalement au départ a finalement commencé à m'agacer. Ce voyage, ce BAFA me semblaient les pires des choses. L'abattement, la tristesse, la déception ont laissé place à l'aigreur, presque à de la colère, contre ce funeste destin. Et puis, que voulez-vous, la vie et mon voyage continuent.

Je suis alors retourné au wagon-restaurant, cette fois-ci avec des sous pour vraiment boire un café, passer le temps qui finirait bien par faire son œuvre. Un rapide coup d'œil, au passage de ce carré maudit, confirmation ultime que cette demoiselle n'est pas Hélène. Faut bien passer à autre chose.

— Un café s'il vous plait. Merci !

Je vais m'installer là-bas, regarder par la fenêtre. Rien à foutre des gens ! Je suis resté assez longtemps devant ce décor qui défile, si vite qu'on n'y voit rien. Des gens, j'en ai vu passer quelques-uns. Mon café terminé, je me suis décidé à retourner à ma place.

Un rapide coup d'œil à ma montre m'indique que j'arrive à destination dans une bonne vingtaine de minutes. Je me lève, m'approche de la poubelle. La porte du wagon opposé s'ouvre, j'y prête à peine attention. Je jette le gobelet, garde la touillette « à mâchonner » et j'entends la personne qui vient de rentrer, commander un chocolat chaud.

Cette voix, je l'ai immédiatement reconnue. La sensation ressentie à ce moment est indescriptible. Elle n'était donc pas dans ce wagon 17, mais dans le 13, le 12, le 11 ou que sais-je ! Dans le train en tout cas. Incroyable !

Je me suis retourné, subitement, et elle aussi, sentant certainement une présence derrière elle. Et là, ça a été un moment unique. J'étais sûrement soulagé et tellement heureux de ces retrouvailles auxquelles je ne croyais plus, que mon sourire a dû lui paraître spontané, fort et naturel. Elle m'a renvoyé un regard du même acabit qui m'a semblé le fruit d'un sincère plaisir de me revoir.

Ça avait été tellement compliqué jusque-là ! Et à partir de cet instant, tout m'a semblé si simple. Encore une belle contradiction de la vie. Le destin s'est chargé du reste. Non seulement je la retrouvais par miracle, mais en plus, on allait au même endroit. « Soleil et neige », immense maison d'accueil pour des enfants en colonie de vacances. C'est vrai qu'ici, ils prennent facilement des stagiaires comme nous, c'est moins cher. Cent-vingt gamins en permanence, quarante encadrants dont trente animateurs, dont nous. Nous deux, dans un contexte idyllique, pour tomber amoureux et vivre un mois paradisiaque. Ce que nous avons fait.

Après, on est revenus chez nous. J'avais peur qu'elle pense que c'était une amourette de vacances, j'étais très amoureux. Oh ! On avait passé des moments formidables, on s'était promis des choses, mais on était tellement jeunes ! Alors, quel bonheur quand le lendemain de notre retour de la montagne, elle m'a appelé pour me proposer d'aller avec elle au cinéma. Peu importe que ce soit avec sa petite sœur ! Et puis après tout, je pouvais moi aussi amener mon petit frère. Ils seront sans doute contents de se connaître...

Chapitre 16 : Appel au calme

— Diego ?
— Oui.
— Tu pars promener le chien ?
— Oui.
— Tu passes prendre Béné ?
— Non.
— Pourquoi ?
— Elle ne peut pas aujourd'hui. Elle va au cimetière.
— Je peux venir avec toi ?
— Si tu veux.

On a marché. En silence. L'ambiance n'était pas terrible, on pourrait même dire plombante. Je voulais amorcer le dialogue, mais les mots ne venaient pas. Diego, lui, était fermé comme une huître. Heureusement, la SPA (Spéciale Project pour Animaux) où vivait Lucky n'était pas loin.

Le chien, comme à son habitude, nous a fait une fête mémorable. Il était capable d'être calme, notamment en présence de Béné ou de quelqu'un qu'il ne connaît pas. Mais avec nous, il savait que c'était permis, alors il nous sautait dessus sans retenue. Il a failli me faire tomber, ce qui a eu le mérite de détendre légèrement l'atmosphère, Diego ne sachant s'empêcher de rire. Lucky, quand j'y repense, il avait réussi à refaire confiance aux humains. Quelle prouesse ! Ah, bien sûr, il restait vigilant, surtout quand il voyait une nouvelle tête. Mais pour les gens qu'il connaissait, la retenue n'était plus de rigueur.

Il vivait, ainsi qu'une centaine d'autres animaux recueillis, dans cet espace, propre, bien organisé, avec un maximum de liberté. Des chiens, des chats, des moutons, des ânes, des chevaux ayant tous des vécus plus horribles les uns que les autres cohabitaient dans cet endroit bruyant, mais jouissant d'une atmosphère agréable, incontestablement. Ils ne manquaient de rien. On s'occupait bien d'eux. Tout a été aménagé pour leur plus grand confort. Souvent, il y avait des visites, parfois des adoptions.

Lucky, lui, n'est même plus candidat à l'adoption. C'est devenu la mascotte, le chien du refuge. Il est heureux ici. Les deux employés permanents et tous les bénévoles intervenants régulièrement sont ses potes. Il sait exactement ce qu'il peut attendre de chacun. L'un, des caresses, l'autre, des « bonbons ». Il vit dans le local qui sert d'accueil à l'association. Toutes ses journées, il les passe à suivre qui l'arrange, accompagner celui ou celle qui distribue les repas, par exemple. Parmi ses activités préférées, mordiller les pattes des ânes et des chevaux, puis s'enfuir, aboyer joyeusement sur ses congénères, courir après les chats, toujours pour jouer. Mais par-dessus tout, la balade ! Et de préférence avec Diego, clairement son préféré.

Il a donc sauté sur nous, puis il est parti dans le local chercher lui-même sa laisse. Enfin, il nous a précédés près de la grille de sortie. Nous trouvant longs à arriver, il s'est mis à aboyer. On s'est donc dépêché, pour maintenir un peu de calme aux alentours. À peine la barrière entrouverte, le chien a filé, reniflant par-ci, un petit pipi par-là, autonome.

Alors, il n'était plus là pour faire tampon. On se retrouvait à nouveau, tous les deux. L'heure d'avancer ne pouvait plus reculer. Alors, je me suis lancé :

— Comment tu vas, Diego ?

— Ça va !

— Bon, arrête de me faire tes réponses au rabais ! Tu sais bien que t'as dépassé les bornes la dernière fois. Je ne pouvais pas laisser passer.

— Ouais, si tu regardes par le petit bout de la lorgnette, si tu ne me fais pas suffisamment confiance, tu pouvais réagir comme ça.

— Comment ça, « si je ne te fais pas confiance » ? Quel est le rapport ?

— Si je me suis énervé comme ça, y'a une raison.

— Une raison autre qu'un match de foot qui t'échappe ?

— Bien sûr !

— Y'a quelque temps, ça t'aurait suffi comme raison, pour t'énerver.

— Justement ! Tout est dans « y'a quelque temps ».

— OK ! Diego, on se connaît assez bien pour que tu saches que je sais que tes progrès en maîtrise de soi sont impressionnants. T'es arrivé ici, t'étais incontrôlable. Tout et n'importe quoi pouvaient justifier un « pétage de plombs ». On s'est parlé. Enfin, d'abord je t'ai parlé et tu m'as pas écouté, puis t'as tendu péniblement une oreille, puis deux, et après on s'est parlé. On y a passé des dizaines d'heures à amorcer le dialogue, se comprendre, s'apprivoiser et finalement au moins se respecter, me semble-t-il. T'as été aider Béné, elle t'a bluffé, vous êtes devenus proches, confidents. T'as assuré en classe, fait des efforts considérables. T'assures au basket. Tu t'investis à fond, tu fais des progrès énormes. Et puis tu t'es occupé comme un chef de ce chien qui ne croyait plus en rien et à qui tu as redonné goût à la vie. Tout ça, je le sais ! Et je sais que tu sais que je le sais. Maintenant t'as toute notre confiance, tu vas te construire un bel avenir, on est fiers de toi. Mais ça n'excuse pas tout !

Après un petit temps de réflexion, Diego a soufflé, puis il a repris :

— L'autre, crois-moi, y'a pas que ça. Je pensais qu'on était potes, mais en fait, c'est un fourbe. Je balancerai rien, mais il fait des choses pas bien, je le sais. Sur ce coup-là, je n'ai pas besoin de vous. Je vais gérer. Les petits, ils sont cool, ils ont bien galéré aussi dans leur vie, je leur dois bien ça. Ça fait un moment qu'il faut que je le recadre, mais je sais pas trop comment m'y prendre. C'est pour ça que j'ai mal réagi l'autre fois. T'inquiète pas ! Ça se reproduira plus, et puis m'attaquer à son physique, c'était nul. J'ai compris, ce n'est pas une solution. Après, toi, tu fais ton job, normal. C'est simplement que j'ai mal pris que tu puisses penser que je pouvais être méchant gratuitement. C'est fini ça !

— Je le sais, Diego. Mais personne n'est à l'abri d'une mauvaise réaction, même pas toi.

— Te fous pas de moi !

Cette dernière phrase dite avec le sourire scellait notre réconciliation. Oh, je n'avais pas été très inquiet, mais il fallait qu'on s'explique.

— Par contre, mon ami, tu vas me faire le plaisir de m'expliquer ce que tu entends par « gérer ça tout seul », ça ne me rassure pas, ça.

— Ben…

— Attends deux secondes, on m'appelle !

— Allo ? Oui. Ah, salut maman !

— Ah ! OK ! Ouais, à plus ! C'était ma mère…

— Ah, ben oui, « maman », c'est souvent comme ça qu'on appelle sa mère. Comment elle va, madame Jeanne ?

— Elle, ça va, mais elle revient de chez le médecin.

Béné a fait un petit malaise. Oh, rien de grave, rassure-toi, mais elle était un peu inquiète.

— Ah ? Ben, on finit la balade, je redépose Lucky et je passe la voir. Non ! Même mieux, je vais passer avec lui, ça lui fera plaisir.

— OK !

— Par contre, tu peux prévenir Fred que je serai peut-être en retard à l'entraînement, ce soir ? Je n'ai pas mon portable.

— Ouais ! Je vais l'appeler. Après, je ne sais pas si c'est lui qui vous fera entraînement aujourd'hui, il est avec l'architecte pour le nouveau complexe.

Diego, sans doute aussi soulagé et satisfait de notre conversation que moi, semblait parti ailleurs, dans ses pensées. Quelques secondes plus tard, il a levé la tête, et m'a lancé :

— Au fait, tu sais quoi ? Je suis amoureux.

— Ah bon ? Super ! Je la connais ?

— T'occupe. Mais c'est pas simple.

— C'est jamais simple, tu sais !

— Ouais, ben justement. J'en ai parlé à ton frère. Il m'a expliqué que pour toi, ça a été compliqué aussi.

— Ah, il te raconte ma vie, lui ?

— Non, pas vraiment ! Il a juste dit ça. Moi c'est seulement pour mieux comprendre les filles, le couple tout ça.

— Ouais. T'inquiète, il n'y a pas de tabou. Tu sais

avec Sophie, on s'est rencontrés à quinze ans. On était dingues l'un de l'autre, mais on était trop jeunes. On a été des amoureux de quinze à dix-sept ans et puis on a décidé d'essayer de transformer ça en amitié. Notre amitié amoureuse a duré six ans, car nos sentiments, en fin de compte, ont été mis de côté, mais n'ont jamais changé d'un iota. Et puis l'évidence nous a rattrapés de manière rocambolesque, sous une pluie battante. Lors de cette soirée où ce garçon a voulu lui faire un bisou qu'elle ne semblait pas si réticente à recevoir. Je n'ai pas pu le supporter. Je n'avais rien à reprocher à personne, mais soudainement, la douleur et la peur immense de la perdre que je ressentais si régulièrement, mais m'avait semblée gérable jusque-là a pris ce soir-là des proportions qui ont eu raison de ma gentillesse et de mon self-contrôle habituels. Ce gars qui tentait seulement sa chance avec une fille officiellement « disponible » a pris une droite et un coup de pied dont il se souviendra. Pour éviter un pugilat plus large encore, je me suis enfui un peu honteux, sous le déluge. Sophie m'a rapidement rejoint, m'a vertement engueulé puis, face à mes larmes, s'est radoucie. Elle n'a pas eu le temps de me demander des explications. Je lui suis tombé dans les bras en sanglots, hurlant à tout rompre ne plus pouvoir vivre sans elle, sans son amour total, lui avouant, si besoin en était, n'avoir jamais cessé d'être fou amoureux d'elle. Dieu merci (oui j'ai quelques moments de faiblesse où je serais presque capable d'y croire), c'était réciproque ! On ne s'est plus quittés. Et si tu veux mon avis, je crois qu'on finira notre vie ensemble. Mais c'est vrai, on a fait des choix contestables, on a tâtonné, fait des erreurs claires, mis un temps fou à comprendre certaines choses. Après, tu sais pourquoi ça a fini par s'arranger ? Tout simplement parce que l'amour, s'il est fort, sincère, partagé, sera toujours plus fort que tout. Ça paraît cliché, mais j'en suis persuadé. Alors si j'ai un seul conseil à te donner, fais de ton mieux et laisse faire les choses ! Vous ferez un nombre de conneries considérable. Mais si vous êtes vraiment amoureux, que vous voulez avant tout faire attention l'un à l'autre, ça s'arrangera, chaque fois.

— Ouais, merci ! En tout cas, Sophie et toi, vous formez un super beau couple. Ça, c'est de l'amour, avec un grand A ! Et vous devez être doués dans la famille parce que Fred et Hélène, ça se voit aussi qu'ils sont faits l'un pour l'autre.

— Ouais. Après, confidence pour confidence, la pause avec Sophie, ce n'était pas une exclusivité. Fred et Hélène, ils ont vécu à peu près la même expérience. Il te raconte ma vie plus facilement que la sienne, on dirait ? Tu lui demanderas qu'il t'explique sa propre expérience. Tu verras, c'est pas mal non plus.

— Alors là, tu peux compter sur moi, je vais lui demander, un de ces quatre.

— T'en profiteras pour lui parler du « meilleur du pire ».

— C'est quoi, ça ?

— Ça, comme tu dis, c'est notre film préféré à tous les deux, enfin à tous les quatre. Il t'expliquera…

Chapitre 17 : Je ne m'appelle plus

C'est bizarre la vie. Ça va bien et puis d'un coup, tout s'écroule. En deux secondes. Un coup de fil, une mauvaise nouvelle qui nous secoue et nous rappelle qu'on est de simples mortels, que régulièrement certains partent on ne sait où, et que nous, on reste là, on ne sait pourquoi, ni pour combien de temps encore. Bref, toutes les questions existentielles qui vont avec la vie, incontestable, et la mort incontournable.

Ce mardi matin de 2016, Lucky est mort. Il avait à peu près quatorze ans. Depuis un moment, il avait déserté sa niche transmise à un nouvel arrivant, pour intégrer le local d'accueil de l'association. Plus récemment encore, il avait été vivre chez Béné. Elle n'avait plus l'énergie de la jeunesse, mais les besoins actuels de Lucky n'en nécessitaient plus beaucoup. Récemment, il était tombé fort malade. Monsieur Signat nous a assuré, la larme à l'œil, qu'il n'y avait rien à y faire. Lucky était fatigué et ne bougeait plus trop. La vieille dame avait donc insisté pour recueillir le chien et en prendre soin pour ce qu'il convient d'appeler une fin de vie. Elle l'a assisté pendant cinq semaines.

Elle recevait souvent de la visite. Déjà avant, mais là, c'était un défilé permanent. Officiellement, pour prendre de leurs nouvelles à tous les deux. Officieusement, c'était l'état de Lucky qui était préoccupant. C'est lors de l'une de ces visites que Diego a remarqué que le chien respirait mal. Il a appelé Béné, occupée dans la pièce à côté. Ils l'ont pris se sont installés dans ce canapé, autrefois interdit aux pattes sales de Lucky.

Ils ont compris tous les trois. Sans un mot, ils se sont blottis épaule contre épaule, le chien allongé le long des quatre genoux. Son souffle lent se ressentait dans les jambes des deux amis qui caressaient délicatement le chien, effleurant affectueusement le cou pour l'un, les flans pour l'autre. Tourné vers eux, il les regardait avec une tendresse indescriptible. Ils ne le quittaient pas de leurs yeux de plus en plus embués. Et puis, le ventre de Lucky a cessé son lent va-et-vient, sa tête, sous laquelle était glissée la main de Diego, est devenue plus lourde. C'était fini.

J'ai toujours pensé que les discussions sur l'égalité entre les animaux, notamment ceux de compagnie, et les hommes étaient mal menées, stériles. Soit s'expriment des personnes qui estiment avoir une relation comparable voire plus profonde avec leur chien ou leur chat qu'avec les gens, soit d'autres qui n'ont qu'une très faible considération de l'animal. Pour moi, sur le terrain de la relation, on ne peut pas comparer. Celles entre êtres humains sont incontestablement plus riches. Au moins, potentiellement. Par contre, je pense que l'animal mérite autant que nous le respect en ce qui concerne les souffrances psychologiques et physiques. Autrement dit, on n'a pas plus le droit de faire du mal à un animal qu'à un être humain. On se doit de tout faire pour lui éviter le stress, la peur et la douleur. De ce point de vue, nous sommes parfaitement à égalité.

Et puis, pour ceux qui les aiment, il n'est pas inconcevable qu'ils nous manquent au même titre que d'autres proches, après leur disparition. Je sais que Lucky, pour plusieurs personnes et pour diverses raisons, a été plus qu'un simple animal de compagnie. Il a été pour la plupart d'entre nous un super compagnon ayant, par ailleurs, joué un rôle primordial pour certains.

Il a également été, à son corps meurtri défendant, un membre fondateur essentiel de cette aventure. Évidemment, en ce jour, je me souviens précisément de celui où j'étais en route, pour rencontrer le maire d'un village intéressé par le projet. Et puis, les formidables et incroyables hasards de la vie, que certains appellent le destin, se sont mis en route à leur tour. Ce GPS récalcitrant qui m'a amenée là où je n'aurais jamais dû aller, là où vraisemblablement, j'avais un pourcentage infime de chance de me retrouver.

Lucky, logiquement, aurait dû avoir un pourcentage encore plus infime de se trouver là. Alors, s'y retrouver tous les deux, c'était aussi probable que de réussir à compter les étoiles une nuit d'été sans nuages. Et pourtant, aussi fou soit-il, ce moment est arrivé. Le chemin sans issue, le demi-tour compliqué, le besoin de souffler, ces belles fleurs, cet arbre. Ce petit chien à moitié mort dans les pattes.

Sans tout ça, sans Lucky, je n'aurais pas choisi cet endroit pour développer ce projet. J'en suis certaine ! L'attachement que j'ai eu avec ce lieu, au départ, c'était celui que j'avais pour ce chien que j'avais participé à sauver et dont je me sentais un des garants d'une suite de vie agréable. Oui, immédiatement, ce lieu a été choisi par le formidable hasard qui a fait que je me suis sentie investie de la mission d'accompagner durablement Lucky et de lui garantir, à l'avenir, une belle vie.

Le maire était sympa, l'endroit très agréable, mais je ne trouvais pas, ici, les conditions les meilleures pour développer mon projet. Les infrastructures de base manquaient, le boulot qui se présentait était considérable, beaucoup plus imposant que dans d'autres endroits potentiels. Mais c'était là ! C'était une évidence, parce que Lucky.

Aujourd'hui, il nous a quittés, mais il sera à jamais la première pierre de cette formidable aventure. On va tous se réunir, tous ceux qui ont eu l'occasion de le côtoyer, recevoir ses grands coups de langue affectueux, ceux qui lui ont lancé ces innombrables balles qu'il nous ramenait inlassablement, ceux qui ont pris soin de lui, battu la campagne à ses côtés. On va lui rendre un formidable hommage, bien mérité. Je sais que je ne pourrai compter les larmes.

En effet, ça n'a pas été facile. J'avais dressé une très grande table dans la cour intérieure de la fermette où j'habitais. Je crois encore pouvoir décrire très précisément les comportements et réactions de chacun d'entre nous en ce jour. Les yeux humides, l'esprit dans le vague, j'ai observé, regardé attentivement les uns et les autres.

Certains se voulaient tout petits, discrets, avec un besoin clair de vivre ce moment seuls, à l'écart, comme Fred. D'autres ressentaient le besoin, au contraire, de se rassembler, remuer les souvenirs, sourire, comme Sandrine ou Jules. Il y avait aussi ceux qui se sentaient investis de la mission de consoler, comme Béné ou le maire. Et puis, les autres, avec chacun sa personnalité, respectaient et partageaient dignement une douleur qui était moins la leur, faute d'avoir aussi souvent croisé Lucky, comme Hélène et Sophie. Diego, lui, j'ai bien cru qu'il ne pourrait même pas rester. Je savais que lui et monsieur Signat resteraient très longuement inconsolables.

Quant à moi, au-delà de la tristesse, je me suis dit un instant qu'en ce moment pénible, ils étaient tous là. Tous ces êtres chers qui avaient participé si activement à la mise en place de ce projet. Nous étions tous réunis pour rendre hommage à Lucky et unis par la renaissance de ce village devenu le nôtre, grâce à tous. Le médecin, le restaurateur et son fils, les institutrices, et j'en passe. Une grande partie des villageois sont passés nous voir, nous saluer.

Monsieur le Maire allait de l'un à l'autre, avait un mot pour chacun. Je me suis rappelé ce jour où, recevant des nouvelles rassurantes du chien, monsieur Signat avait regretté que je n'aie pas encore rappelé le maire, me précisant que celui-ci avait l'air de plus en plus emballé par le projet.

J'avais pris mon téléphone et joint l'élu. Il n'avait pas été très persuasif sur l'attrait du village, ses capacités à recevoir ce projet. Malgré tout, j'avais ressenti, lors de cette conversation, le besoin de concrétiser mes idées, mettre en place mon projet, là et nulle part ailleurs. Je ne savais pas exactement pourquoi, mais ça s'était imposé à moi, comme une évidence. C'était là et j'allais rapidement reprendre la route pour rendre visite au chien, constater ses progrès et apprécier de le voir sur pattes, mais aussi, pour aller voir le maire et accélérer les avancées de mon projet, afin qu'il devienne nôtre.

Parmi les invités présents, en ce moment d'hommage, on ne pouvait que remarquer ces deux personnes parlant difficilement le français, avec ce fort accent new-yorkais. Lucky, ils ne l'avaient vu que peu de fois. Ils l'avaient vu lors d'un premier séjour chez nous qu'ils avaient organisé pour revoir leur vieil ami Fred, rencontrer ses proches et découvrir l'endroit où il vivait et qu'il leur vantait tant. Ils avaient promis de revenir et ils étaient là en ce jour si particulier. Si ça, ce n'est pas de l'amitié !

Depuis tout à l'heure, je vous parle de Lucky, parce que c'est son nom d'adoption, le seul que tout le monde connaît ici. Mais son vrai nom, celui d'origine, c'est Beb. D'ailleurs, vous savez pourquoi il s'est appelé comme ça au départ ? Tout simplement parce que sa première maîtresse ne voulait pas lui donner un nom définitif, partant du principe que les adoptants préféraient le choisir eux même. Alors elle l'appelait bébé, comme elle le voyait. Les adoptants attentifs au bien-être du chiot, comme on les connaît, n'ont pas voulu s'embarrasser. On enlève le dernier « e » de bébé et on l'appelle Beb.

On ne perdra pas de temps à lui apprendre son nouveau nom.

Mais ni mes enfants ni moi, ni personne dans le village n'a connu Beb. Nous, on a connu ce miraculé trouvé dans un sale état, dans ces circonstances exceptionnelles. On a connu celui dont on a mis de côté l'existence d'avant, n'ayant rien eu de chanceuse, pour ne retenir que le souvenir du miracle en le nommant « Lucky ». C'est vrai que Lucky, il ne l'a pas toujours été, mais on avait tout mis en œuvre pour qu'il le devienne. Et je crois qu'on a super bien réussi.

Ah, que ce fut un moment difficile pour nous tous ! Tellement dur pour le maire et surtout pour monsieur Signat sans lesquels Beb serait mort. Sans lesquels Lucky n'aurait jamais existé. Même si le chien avait la chance, dans sa deuxième vie, d'avoir finalement plein de maîtres. Monsieur Signat qui s'en occupait tous les jours tout en gérant l'ensemble de l'association et de ses locataires a été pour ainsi dire son plus proche humain.

Il n'avait accepté de confier Lucky à Béné que face au manque de temps que lui conférait la lourde charge de l'association, et la certitude que la vieille dame serait aux petits soins vingt-quatre heures sur vingt-quatre. Mais pour lui, que ce fut dur !

Lucky vivait quasiment en permanence à ses côtés. Et Diego, qui a mis tant de temps à côtoyer des gens qui l'aiment, qui a franchi les étapes du renouveau avec Lucky, a repris la confiance envers les autres en même temps que lui ! C'est pour lui le symbole de sa renaissance qui le quitte.

Je vous le disais, Lucky pour certains d'entre nous, c'était bien plus qu'un simple animal de compagnie. On sera un paquet à le garder dans notre cœur pour le reste de nos jours.

Mais vous ne savez pas la meilleure… Au milieu de tout ce monde, de ce passage incessant, des embrassades et accolades, gambadaient trois chiots, maladroits et patauds, conformément à leur jeune âge. Onze semaines précisément ! Ils étaient incroyablement fébriles sur leurs grosses pattes. La maman était pensionnaire du foyer de monsieur Signat et elle passait beaucoup de temps avec Lucky. Ils aimaient beaucoup gambader tous les deux. Et vraisemblablement, pas que… D'ailleurs, la ressemblance avec leur père était frappante. Il ne serait pas parti sans laisser de descendance, le bougre ! L'impression incroyable qu'il était encore là…

Chapitre 18 : Appel de la forêt

On est en 2018. Ce village dans lequel on vit ressemble au paradis. Bon, le paradis pour moi, c'est global. Les emmerdes ou la tristesse y existent, mais c'est un endroit où l'on est serein, dans lequel de belles choses sont à vivre au quotidien. Dans mon paradis, déjà, j'y vis entourée de mes proches. Chacun chez soi, mais avec des endroits et des moments de vie collective. La famille réunie autour d'un projet abouti.

Il nous semble avoir créé, ou plutôt recréé, un endroit où la vie avance sereinement pour chacun. Le collectif prend ici tout son sens, pour le bien-être de tous. Le social se fait naturellement. Pourtant, ces aspects-là m'ont semblé tellement en voie de disparition pendant une grande partie de ma vie. Cela part simplement de l'humain, la connaissance et l'acceptation de son fonctionnement, ses rouages, pour essayer d'appuyer ses vertus positives, tout en freinant les aspects négatifs de notre nature profonde.

Ici, la plupart des gens se côtoient. Des jeunes, parfois en grande difficulté, des adultes stressés, des vieux esseulés, des idéalistes décidés, des gens avides d'avoir une autre vie et participer au fait de pouvoir en proposer une nouvelle aussi à d'autres, et parfois aussi des animaux malheureux, souvent victimes de la folie des hommes. Certains se croisent, d'autres tissent des liens plus concrets, parfois les relations sont plus abouties.

À la base, toutes ces personnes avaient peu ou rien en commun. Mais ils vivent ici, ensemble, et pour la plupart, ils partagent le fait de ne pas avoir eu la chance de rencontrer suffisamment de personnes seulement bien intentionnées, dans leur existence. Beaucoup ne font que se croiser, mais le destin les a menés au même endroit, pas tout à fait comme les autres. Tous les villages pourraient pourtant facilement y ressembler, mais la grande majorité des « activités humaines » en décide autrement, et nous, nous donnant l'impression de ne pouvoir faire autrement, la plupart du temps, nous l'acceptons.

Ce qui nous lie réellement ? Nous sommes tous, soit par choix, soit par obligation, dans une idée de partage. Profiter de la nature, exister à travers notre passion, vivre les uns pour les autres, aider les plus en difficultés, les plus vulnérables, vivre dignement dans le respect sont devenus nos raisons d'être.

Mais cela n'est possible que dans un modèle économique viable. Il faut du boulot, développer des activités dans un monde à taille humaine. Une somme assez dérisoire, à l'échelle des grandes fortunes existantes, suffit à lancer et finaliser un projet comme celui-là. En fait, dans mon projet devenu de plus en plus le nôtre jusqu'à son lancement et son développement, il y a deux choses. Une réflexion de fond sur la vie, son sens, le bien-être, avec ses côtés spirituels, et une réflexion sur la forme, avec pour finalité la faisabilité.

J'ai beaucoup réfléchi et ma conception du bonheur est devenue très claire. Être ensemble liés et solidaires. Aider les plus vulnérables, s'apporter les uns aux autres en fonction du vécu de chacun. Se remplir mutuellement les poches des « richesses » des autres.

Créer, en quelque sorte, une « communauté » dans le bon sens du terme, sans gourou, où chacun apporte à la collectivité son savoir-faire, son savoir-être selon ses propres caractéristiques. Donner pour mieux recevoir. Un collectif qui fonctionne ne peut, selon moi, se faire qu'à échelle humaine. De plus, la nature doit y retrouver sa place.

C'était il y a seize ans déjà. En 2002, année de naissance de Beb et des prémices du projet. La révélation.

Cette petite voix intérieure, tellement persuasive m'avait glissé : « Mais oui, ça y est ! Tu sais ce que tu veux faire ! Tu sais ce que tu veux vivre ! Pour toi, pour les autres ! »

Oui ! Je veux relancer un village victime de ce que j'appellerais, le mauvais engrenage. Et malheureusement, ce genre d'endroits ne manquent pas. Je veux vivre dans un village avec un petit centre dynamique, des mouvements, des arrivées, des projets, de l'emploi, du festif, de la nature, des sourires.

Concrètement, il fallait seulement inverser les rouages. Énormément de communes avaient perdu, petit à petit, les éléments moteurs de leur existence économique et humaine par ricochet. Petit à petit, il fallait les leur rendre.

J'avais besoin d'en parler à quelqu'un. Fred ? Non ! Il y avait le décalage horaire. J'ai appelé Jules.

— Allo, mon grand ?

— Oui, maman !

— Tu te souviens de mon envie, mon besoin de faire quelque chose de ma nouvelle vie ?

— Tu dis nouvelle parce que Fred et moi on n'est plus à la maison ! Oui, je me souviens très bien !

— Eh, ben, je sais. J'ai eu une révélation. Je veux participer à « relancer » un village.

— Relancer un village ?

— Oui ! Trouver un beau village victime de notre belle société actuelle…

— Ouais, ça, ça ne sera pas trop dur.

— Et le faire revivre. Je vais faire un dossier de présentation du projet, l'envoyer à plusieurs maires, trouver l'endroit idéal et me lancer.

— Mais il y aura quoi dans ton dossier de présentation ?

— La finalité, les moyens à mettre en œuvre pour réussir à rendre le village vivant à nouveau, le ressusciter. N'ayons pas peur des mots !

— Mais maman, un village vivant, c'est quoi pour toi ?

— C'est très simple, au moins sur le constat. Dans l'idéal, c'est un village qui a au minimum une école primaire, un médecin, une infirmière, un café, un coiffeur, un petit magasin, avec les interactions que ça implique. C'est-à-dire un village où toutes les catégories de personnes peuvent vivre. Une personne âgée dépendante comme un jeune couple avec des enfants en bas âge. Après, il faut des incitations pour faire venir les professionnels et donner ensuite à d'autres gens, l'envie de s'installer là.

— Oui, mais aucun coiffeur ne voudra s'installer tant qu'il n'y aura pas de clientèle, aucun médecin non plus... Il faut donc un projet global à présenter. Et puis, ça serait quoi, les incitations ?

— La sécurité financière. Pas de risques. Les moyens de venir tester son activité pendant un an sans investissement, avec des locaux mis à disposition.

— Mais tout ça a un coût, maman ! Faut des sous, au départ !

— J'en aurai ! Un peu. Et puis le maire devra s'engager aussi.

— Comment, t'en auras « un peu », comme tu dis ?

— Ma maison, elle vaut combien ? Dans les cent quatre-vingt mille euros ?

— Oui, à peu près !

— Eh ben, dans un village éteint, l'immobilier, c'est pour rien. Je vends ma maison, j'en rachète une plus petite dans le village, quatre-vingt-dix mille euros avec les frais de notaire et j'investis cent mille euros dans le projet. Je suis sûre que ça peut suffire. Et puis derrière, on lance ce concept, à la fois écolo et porteur de bien-être, on aide des gens, et on sauve la planète !

Dans les périodes où on vivote, on est mou, en tous les cas pas très convaincant. Mais dans celles où l'on réfléchit, où l'on a des idées, des convictions, on s'exprime avec un tel dynamisme qu'on emmène tout sur son passage, tel un ouragan. Évidemment, j'étais moi-même bien consciente de m'être emballée sur la fin, perdant une bonne part d'objectivité en chemin, mais Jules n'avait pas osé ou voulu me contredire. Il n'en pensait pas moins, sans doute, mais par respect pour cet élan de conviction et par gentillesse, il n'avait rien ajouté, si ce n'est avec une ironie non dissimulée :

— Alors, là ! Si, en plus, ça peut sauver la planète, fonce !

— Rigole ! Tu verras.

— En tout cas, en voyant peut-être un peu moins grand, il y a quelque chose à faire, c'est sûr. Prépare un bon dossier de présentation, on en envoie un à Fred et on regarde ça de plus près ensemble. Ça te va ?

Tu parles que ça m'allait ! Encouragée de la sorte par mon fils, je crois que ça a donné le dernier coup de fouet à ma motivation. C'était parti !

Ensuite, ça a été assez rapide. J'ai créé un dossier explicatif complet de ce qu'on pourrait mettre en place pour revitaliser le village et, étape par étape, en faire un lieu où se trouveraient tous les éléments nécessaires à la vie sur place. J'ai évalué les besoins, puis j'ai expliqué la faisabilité financière pour la mise en place. Enfin, j'ai chiffré, comptabilisé et préparé un budget prévisionnel. Je voyais loin, j'imaginais dans ce document, le développement d'un tas de choses au-delà du nécessaire. Ce dossier était bien fait, attrayant, professionnel. Je l'ai diffusé sur différents supports, afin de m'assurer qu'il serait vu, lu, partagé.

J'ai reçu des mails, des appels. J'ai développé, expliqué. Je me suis déplacée plusieurs fois pour rencontrer des maires, parler du projet lors de conseils municipaux. Mais je ne faisais pas LA rencontre. Ni avec un lieu ni avec une personne. Puis, lors d'une conversation téléphonique avec monsieur Marton, maire d'un village désœuvré en plein centre de la France, j'ai eu ce qu'on pourrait appeler un feeling. J'ai pris quelques affaires dans ma petite 206 et me suis mise en route pour Blazac. Logiquement, un simple petit périple.

Mais tout ne se passe pas toujours comme prévu. Et ces petits imprévus peuvent avoir de grosses répercussions. En l'occurrence, des conséquences énormes sur la vie d'un chien, d'un maire, d'un village, sur la mienne, celle de mes proches et sur celle d'un tas de gens éparpillés et bien loin pour l'instant d'imaginer que leurs existences respectives allaient se rejoindre. Ils ne se connaissaient pas du tout et étaient à des milliers de kilomètres de savoir à quel point ils allaient bientôt être liés.

Je revois tout en accéléré. Le village est désert, la mairie ne dispose de personne à l'accueil en heures creuses, c'est-à-dire la plupart du temps. Le maire me reçoit directement. Je suis paniquée, lui parle immédiatement de ma déconcertante découverte et, très réactif, il prend les choses en main. Il m'accompagne à la voiture, m'emmène chez monsieur Signat, cinquantenaire disponible pour cause de chômage longue durée et amoureux des animaux. Celui-ci, effaré de l'état de l'animal, le prend chaleureusement dans ses bras, le pose délicatement dans un canapé, va chercher de l'eau, un petit biscuit. Le chien bouge un peu. Monsieur Signat sait quoi faire, il recueille le malheureux, promet de le soigner et de s'en occuper. Je reviendrai le voir quoi qu'il arrive, je prendrai de ses nouvelles.

Comme prise de contact, c'est particulier, mais ça a le mérite de briser immédiatement la glace. Aussi, de me faire comprendre tout de suite que cette personne est sensible, réactive et efficace. Le courant est passé. En tout cas, au moins dans un sens.

Le maire est très motivé, très à l'écoute. Les moyens dont il dispose sont dérisoires, mais dans ses paroles, ses attitudes, on ressent tout de suite son énorme envie de voir son village renaître. C'est un très bel échange. J'ai une révélation. Ça va se passer ici !

On s'est revus, on a finalisé un tas de choses, puis passé des annonces diverses et variées. À notre grand étonnement, c'est un médecin, en premier lieu, qui s'est manifesté, s'est intéressé au projet. Pratiquant en ville de taille moyenne, il avait envie, à l'aube de ses cinquante-sept ans, de faire un pont entre la vie active et la retraite. Lui et son fils, également médecin, envisageaient d'ouvrir un cabinet à deux, à la campagne. Lui, pour prendre un recul progressif avant d'arrêter son activité, et son fils afin de démarrer en douceur, profiter de ses deux enfants en bas âge, se procurer du temps pour les voir grandir, avant de prendre la relève effective de son père dans quelques années.

Ça ne pouvait mieux tomber ! Nos besoins respectifs semblaient se rejoindre et nous avons fini de les convaincre en leur proposant d'accéder gratuitement pendant deux ans à un local idéalement placé au centre du village, composé de deux grandes pièces dont l'une serait aisément séparée en deux pour faire une salle d'attente. Le maire n'a eu aucun mal à proposer à chacun des deux soignants deux habitations dignes de ce nom, adaptées à leurs besoins respectifs et bon marché comparé à la ville.

La seule hésitation du fils était due à l'absence d'une petite école dans le village, pour ses enfants. Là encore, les locaux de l'ancienne école étaient encore tout à fait utilisables et ne nécessitaient qu'un léger coup de peinture. Ne manquaient que quelques écoliers, considérant que le peu d'enfants restants dans le village allaient à l'école du village voisin, mais ne demandaient qu'à être rapatriés. Dans cet objectif qui faisait d'ailleurs partie d'un engagement auprès du jeune médecin, on s'est permis d'anticiper. La recherche d'une ou un enseignant faisait l'objet d'une de nos autres petites annonces où figurait, en gras, le mot « urgent ».

Dans un deuxième temps et assez rapidement, la présence de médecins a attiré une infirmière et son mari pharmacien, forts d'un projet familial assez précis. Le monsieur souhaitant éventuellement ouvrir une officine dans un futur proche et sa femme s'associer pour joindre des services infirmiers au panel de la proposition médicale.

Et une bonne nouvelle ne venant jamais seule, ce petit couple était parent d'un petit bout de trois ans et madame nous est apparue enceinte.

À chaque étape, nous pouvions indiquer aux prochains candidats les avancées déjà effectuées. Ainsi, quand nous avons proposé à Sandrine la reprise du salon de coiffure, la présence de cette sécurité médicale a fortement pesé dans la balance. D'autant plus que pour son mari, actuellement chômeur, recréer un magasin de ventes directes des produits locaux serait un plaisir, à la condition que les producteurs, maires et autres acteurs ne soient pas de la même veine que ceux croisés autrefois.

Alors oui, dans notre petit local également au centre du village, le mari de Sandrine a rassemblé les denrées des producteurs du coin, fait des animations, vendu les produits, petit à petit de plus en plus nombreux. Avec les 20 % qu'il gardait, il a pu commencer à se créer un petit salaire.

Tout ça nous a ramené de la vie, notamment sur la place principale, et le café du village allait, comme autrefois, reprendre du service en tant que restaurant. Le propriétaire avait autrefois poussé son fils à faire des études de cuisinier, souhaitant lui passer le relais à la popote. Faute de clients, il avait dû se résoudre à ne garder que l'activité de café et son fils était parti « à la ville » comme on dit ici, pour trouver du travail. Il avait donc déménagé et avait fait partie de cet exil massif, pour beaucoup imposé, dont on s'est efforcé d'inverser la tendance.

Je vous le donne en mille, le fils du cafetier a eu un enfant. Le quota a été atteint. Dès septembre, on a pu rouvrir une classe de maternelle. Nicole en est fièrement devenue son institutrice, pour honorer son premier poste. Son amoureux, déjà lassé de cette courte expérience d'agent immobilier de ville, se voyait bien exercer, honnêtement, ce métier dans cette belle campagne. Le développement global des services du village pouvait aisément attirer des retraités, et les quelques possibilités professionnelles locales naissantes, tenter de jeunes couples.

Ainsi, la renaissance était en bonne voie. Un café restaurant, un coiffeur, un médecin, des infirmières, un petit magasin, une pharmacie, une agence immobilière, de quoi transformer un village fantôme en un lieu plein de vie. Et, principe des vases communicants, la vie appelle la vie. Le marché est revenu, une librairie-presse s'est invitée faisant dépôt de pain, avant qu'un peu plus tard, la boulangerie renaisse à son tour. Nous avons même un petit cordonnier complétant son activité avec un petit magasin de bricolage. Un petit garage s'est ensuite installé aux portes du village. Un hangar muni d'un pont, quelques voitures à réparer et quatre pompes. 95, 98, diesel et bioéthanol.

Tous ces nouveaux arrivants avaient besoin de se loger. Renaissance des achats immobiliers, nouvelles taxes locales, foncières, d'habitation, et autres rentrées d'argent pour la municipalité qui a pu embaucher une secrétaire et un employé polyvalent. Autant de clients supplémentaires pour les commerces locaux. Autant de bambins en plus pour compléter la classe, en ouvrir une deuxième et une troisième. La première institutrice est devenue directrice, rejointe par deux collègues motivées. Bref, l'engrenage avait été inversé, il recommençait à tourner dans le sens des aiguilles du clocher.

Mais tout cela n'était qu'une partie du projet. Il devait aussi avoir un angle purement social. Trois domaines ont été étudiés et les structures ont été mises en place. On voulait intervenir sur trois aspects. Les personnes âgées, les jeunes en difficulté et les animaux maltraités. On a créé une association regroupant trois secteurs d'activités.

L'un d'eux favorisait le maintien à domicile de personnes dépendantes. Au départ, trois petites maisons voisines de plain-pied ont été récupérées, retapées, bien équipées, notamment d'un lit médical prévisionnel. Puis, elles ont été proposées à la vente ou à la location à un prix très raisonnable. L'une d'elles a d'ailleurs été reprise par une mamie que vous connaissez bien, originelle du village et qui se mourait d'avoir été forcée d'en partir, faute d'autre solution.

L'idée était que chacun ait son chez-soi, mais que la proximité permette une entraide salvatrice. On organisait l'ensemble des services sociaux nécessaires (infirmière, aide à domicile, portage de repas, livraison des courses, transport) et les personnes âgées pouvaient continuer et finir leurs jours dignement, chez elles, jusqu'au bout. La réussite de ce concept a permis de racheter d'autres maisons avoisinantes, puis la mise en place de mobil-homes dans le quartier afin d'essayer de faire face à la demande. Ce quartier solidaire était un bonheur absolu. Monsieur le maire est devenu l'actif président de cette formidable association.

La seconde activité nous tenant à cœur a été un peu plus simple à développer. Du terrain, du bricolage, du volontariat. La création et l'amélioration perpétuelle d'emplacements dédiés au recueil, dans le plus grand confort possible, d'animaux de toutes sortes, maltraités par la vie et surtout par l'être humain. Il y en a déjà eu des sauvetages, des adoptions ! Son premier pensionnaire, devenu la mascotte et l'âme des lieux, a été retrouvé par miracle ligoté à un arbre pour mourir à petit feu. Vous le connaissez aussi un petit peu. Ce lieu, triste par nature, est en réalité, par l'espoir qu'il suscite et la chaleur humaine de ceux qui le font vivre, un havre de paix formidable. Monsieur Signat en est le cofondateur et y consacre l'essentiel de son temps de préretraité.

La dernière initiative était la plus compliquée à mettre en place. Les moyens nécessaires dépassaient le cadre associatif. L'ancien couvent, récemment délaissé par ses adeptes et mis à disposition par la commune, a grandement contribué à sa faisabilité. La gigantesque bâtisse a pu être réhabilitée en centre d'accueil pour jeunes en détresse. Pour que ces enfants, matraqués par la vie, puissent retrouver un terrain plus favorable à l'épanouissement personnel. Il y en a un parmi eux dont la mère, dépendante à la drogue, n'a jamais pu s'occuper et à qui les principes d'éducation des foyers précédents ne pouvaient pas convenir. Vous en avez déjà entendu parler.

Grâce à ces associations, beaucoup ont vu leur vie s'améliorer. Partant souvent de loin, ils l'ont généralement pleinement apprécié. Tous ses bénéficiaires sont devenus des membres à part entière du nouveau Blazac. On partage tous avec fierté ce sentiment d'appartenance à ce lieu, à ce village.

Avec l'augmentation régulière de la population, les créations d'emploi se sont multipliées, la vie a repris pleinement. À tel point qu'un nombre suffisant de jeunes motivés et l'investissement de Fred et de monsieur Goinfran ont permis de développer un centre sportif haut de gamme, disponible pour l'école, les villageois et le centre de formation de basket. On a relancé le club de belote, de pétanque et dans l'arrière-salle du bar restaurant qui ne cesse de prospérer, on parle de créer un club de billard. Faute de métro ou de tramway, on a même mis en place un système de conduites internes pour l'ensemble des villageois. Entre autres, les personnes âgées du quartier en usent et en abusent.

Cinq producteurs du village même et six des alentours ont eux aussi créé une association. Leurs produits sont vendus dans le magasin du village et un deuxième point de vente existe dans le village voisin. Les produits disponibles sont également proposés en paniers, livrés à domicile. La visite des exploitations est régulièrement organisée, avec cueillette et récolte sur place. L'association et son employé mettent tout cela en œuvre. Les producteurs ont généralement stoppé leur malsaine collaboration avec les grandes surfaces. Ils vendent moins, mais au juste prix. Ils travaillent moins dur et peuvent prendre le temps pour recevoir les consommateurs, leur faire goûter les produits, expliquer quand et comment ils poussent, notamment aux scolaires. La mairie participe activement en communiquant, organisant les visites, mettant des moyens à disposition. Les agriculteurs se sont désendettés, recommencent à voir leur métier à dimension humaine. Ils peuvent à nouveau laisser leurs champs en jachère quand il le faut, retrouver des méthodes d'antan. Ils se sont engagés à ne plus utiliser de pesticides à moins de cent cinquante mètres du village, dans un premier temps, à réduire de moitié leur usage la deuxième année et à les éliminer totalement la troisième. Le bien-être animal est également au cœur de nos échanges, ils y sont très réceptifs. À ce sujet, cela fait bien longtemps maintenant que je suis végétarienne. Pour la planète et pour le bien-être animal. Mais une bête est comme nous, elle doit naître, vivre et mourir. Si un animal a une belle vie, est transporté dignement, mis à mort en minimisant la douleur au maximum, alors je recommencerai à manger de la viande, de cette viande, avec modération.

Tout cela amène à une conclusion, double et simple à la fois. La bonne volonté collective peut rapidement mener à de grands miracles. Son absence, à des désastres.

Au départ, je ne voulais pas d'aide financière de Fred. Je devais prouver, me prouver que ce n'était pas qu'une question de gros moyens. Je voulais apporter la preuve de la capacité de l'être humain à renverser des montagnes, avec une forte envie collective. Cette preuve, je l'ai vite reçue. J'ai rapidement ressenti cette formidable capacité à faire de belles choses. Ça a évolué, j'ai vite su que ça allait aboutir.

Ensuite, après deux ans, l'apport financier de Fred

a pris le relais, et bien sûr, permis de voir les choses en plus grand, plus beau encore, avec l'aide de monsieur Goinfran. Tout le monde vit heureux ensemble dans ce village, malgré des parcours différents, parfois difficiles. Simplement parce que le destin nous a réunis et que nous nous sommes rejoints dans la volonté de vivre les uns avec les autres, les uns pour les autres.

Ce village a toujours été beau, il vous l'a déjà dit. Mais aujourd'hui, beaucoup plus de personnes s'en aperçoivent, l'apprécient à sa juste valeur. J'en suis même un peu trop fière, j'avoue. Mais c'est plus fort que moi…

Chapitre 19 : Je vous rappelle

— Bonjour Mesdames et Messieurs ! Bienvenue dans la 23e émission de « Ma vie, à ton avis ». Comme vous le savez, on parle ici totalement librement de tous les sujets d'actualité, on reçoit des gens qui s'engagent, qui innovent et viennent nous raconter leur expérience. Je reçois aujourd'hui celle que l'on nomme chez elle, madame Jeanne, auteur d'un livre intitulé « Main tendue » aux éditions WebLim. On ne dit pas autrice n'est-ce pas ? On dit bien acteur et actrice, facteur et factrice, mais là, auteur pour tout le monde. Bref ! Ce n'est pas le sujet. Jeanne, je peux vous appeler Jeanne ?

— Bien sûr.

— Jeanne, vous avez écrit un livre qui relate la réalisation d'un projet que vous avez réellement mis en place. C'est bien cela ?

— Oui.

— Vous avez relancé, on peut le dire comme ça, un village endormi. Vous avez, en l'expliquant de manière terre à terre, permis à un village de passer de 350 habitants à 1700 environ actuellement, avec j'imagine, les créations d'emplois qui découlent de cet afflux. C'est un village qui bénéficie actuellement de tous les services indispensables à la population locale, qui accueille trois associations d'aide aux personnes ou aux animaux et qui est à la pointe de l'écologie, en plein accord avec les producteurs locaux. C'est bien cela ?

— Oui. À la nuance près que ce ne sont pas les créations d'emplois qui découlent d'un afflux de population, mais à l'inverse, l'afflux qui découle de créations d'emplois préalables.

— D'accord ! Merci de le préciser ! Alors, s'agit-il d'un réel projet d'avenir viable et développable ? Ou comme le pense notre autre invité, monsieur Louvar, un effet de mode bobo sans réel impact sur notre économie. C'est bien votre avis, monsieur Louvar ?

—Absolument ! Je vois ça comme un épiphénomène sans aucun impact notable sur l'économie et la création d'emplois à grande échelle. L'avenir économique mérite un traitement plus sérieux que celui-ci.

— Je me permets d'intervenir pour constater que monsieur Louvar vient de prononcer deux fois le mot « économie ». Ça n'est pas un gros mot ! Cet aspect du sujet doit être abordé, mais j'espère qu'on pourra également aborder l'aspect écologique et surtout, l'aspect humain.

— Alors là, madame, permettez-moi de vous dire que les gens, ce qu'ils veulent c'est du boulot. Pas des petites fleurs, des vaches et des prairies.

— Mais…

— Oh là ! Le débat démarre fort, je me dois donc de vous rappeler que je suis ici pour le diriger et qu'il sera inconcevable que vous parliez comme ça, à tort et à travers, sans mon autorisation. Monsieur Louvar, pourriez-vous nous préciser votre pensée quant au monde rural ?

— Avec plaisir ! C'est bien gentil d'avoir des campagnes pour se promener ou y passer un week-end. Mais le passé récent nous indique que l'avenir se fera dans les grandes agglomérations ou ne se fera pas. Regardez le monde tel qu'il est, madame ! Nous sommes de plus en plus nombreux, nous devons relancer le pouvoir d'achat des gens pour relancer la consommation et créer de l'emploi. Et cela se passe dans les grandes villes. Voyez les chiffres ! Les campagnes se dépeuplent et les villes se remplissent, c'est l'air du temps !

— Voilà précisément le discours dont on a marre et qui nous mène droit dans le mur. Ce ne sont plus les villes qui se remplissent, mais les banlieues avec des agglomérations de plus en plus larges où la pollution est de plus en plus forte. Les gens s'y engouffrent parce qu'ils n'entendent que votre discours et se complaisent, pris à la gorge par le système, dans des vies désagréables où ils se font exploiter pour enrichir, de plus en plus, des assoiffés de pognon incapables de partager dignement le gâteau, alors que leur fortune les met à l'abri sur cinq générations. Oui, le capitalisme sauvage a vécu ! Il va tuer notre planète, ne rend personne heureux, déshumanise le monde, alors qu'autre chose est possible.

— En tous les cas, chère madame, une chose est certaine, le monde ne prend pas du tout la direction de vos idées utopiques. Regardez son évolution !

— Ah oui, belle évolution en effet ! Voulez-vous qu'on aborde le sujet du gaz de schiste, celui de l'huile de palme ? Ou peut-être, préférez-vous discuter des pesticides, de la forêt amazonienne, des abeilles ou encore des nouvelles méthodes de pêche ? Non ! Je pense que vous souhaiteriez plutôt aborder le problème des élevages intensifs, de l'eau potable et de la fonte des glaces. Vous pensez sérieusement qu'on sauvera la planète uniquement avec du tri sélectif, des voitures électriques et des éoliennes ? Non ! Et celui qui veut regarder les choses en face le sait. Notre planète ne pourra survivre que si l'on baisse notre consommation globale, seul moyen pour réduire les activités de production responsables de la grande majorité de la pollution. Arrêtons de mentir aux gens ! S'il n'est pas trop tard, il est grand temps !

—Ah, oui ! Baisser la production, la transformation, le transport, la vente ! Bien sûr ! Et mettons des milliers de personnes au chômage à travers le monde. Belle idée !

— Oh, personne n'a dit que ça ne se ferait pas dans la douleur. Et d'ailleurs, sans prise de conscience, la douleur, on la sentira passer, plus tard, mais bien plus fort. Incomparablement plus fort. Et puis l'idée, ce serait de remplacer progressivement tous ces emplois par des emplois de services. Nos vieux, nos enfants, les personnes en situation de handicap, les gens malades entre autres, crèvent de ne pas avoir suffisamment de soutien. Trop peu de personnes s'occupent d'eux. Dans l'accompagnement de l'humain, il y a des milliers d'emplois à créer pour que nous tous vivions mieux. D'ailleurs, le village dans lequel je vis est formidable. Beaucoup d'emplois y ont été créés, la majeure partie d'entre eux pour rendre la vie des autres meilleure. On doit développer le concept. Pour un village relancé, combien se meurent pendant que les plus riches s'étouffent dans leurs liasses de billets ?

—Énervez-vous ! Tombez dans la facilité de fustiger les riches ! Parlez de ce que vous voulez, comme vous voudrez ! Avancez les arguments que vous souhaitez, mais avec tout le respect que je vous dois, votre monde d'utopie, on n'en prend pas le chemin !

— Le respect ne se doit pas, il ne se décrète pas non plus. C'est donc avec beaucoup moins de respect que celui que vous affichez sans fondement que je vous le dis.

À votre place, je serais beaucoup moins fier et heureux du cataclysme qui s'annonce, car c'est cette fierté mal placée d'un trop grand nombre, souvent influent, qui nous y mène tout droit. Défendre avec autant d'aplomb une société matérialiste et de plus en plus inhumaine, qui à défaut de nous rendre heureux nous envoie dans le mur, me semble inconscient et irresponsable.

— Madame, sans le respect qui en effet se mérite, je vous le dis franchement. Vous êtes ridicule !

— Bien, bien ! Il n'est de si bonne compagnie qui ne se quitte. L'heure avance à grands pas. Nous allons en rester là pour aujourd'hui. Il nous reste toutefois à voir les résultats de notre consultation. Je vous rappelle les deux questions : « Estimez-vous que l'avenir de notre planète dépende d'un changement profond de nos modes de consommation ? » et « Pensez-vous que notre société aille à sa perte sans une prise de conscience rapide et forte ? » À la première question, vous répondez « non » à 76 %. À la seconde, « non » à 72 %. Voilà ! Devant le grand sourire de monsieur Louvar qui contraste avec la moue de sa voisine, je pense que nous n'avons pas fini d'évoquer le sujet. Ne manquez sous aucun prétexte l'émission suivante, « Mariés au premier regard », formidable programme suivi chaque soir par des millions d'entre vous. Alors, bonne soirée à tous ! À demain, même chaîne, même heure pour une nouvelle émission qui rejoint un peu celle de ce jour, « L'écologie est-elle l'enjeu majeur du 21e siècle ? » Bonne soirée ! Portez-vous bien et envoyez la pub…

Chapitre 20 : Je me rappelle

Il existe une maladie qui nous fait subitement passer d'un état d'euphorie pure à des moments de déprime profonde, sans raison particulière. La bipolarité. On se sent invincible, on peut tenter tout et n'importe quoi sans aucune crainte et, d'un coup, on se sent d'une immense vulnérabilité. Même sortir de chez soi représente un exploit. Je ne sais pas si je développe une variété légère de cette maladie ou si chacun peut passer d'un état de franc bonheur à une angoisse existentielle en un clin d'œil, mais en tout cas, cette forme de mutation mentale, je la ressens parfois.

À certains moments, les bonnes choses paraissent seulement normales, futiles, et les inquiétudes globales, envahissantes. On ne se l'explique pas, mais on sent bien qu'on va plutôt mal, que l'avenir ne se présentera certainement pas sous son meilleur jour, que les bonnes nouvelles seront rares. À d'autres, on se dit que les choses essentielles vont bien, on en profite. On est optimiste, on n'a pas peur. Si ça va moins bien, on gèrera tranquillement en attendant des jours meilleurs. Le passage d'un état à l'autre ne suit généralement aucune logique. Parfois, c'est plus objectif, relatif à ce que l'on vit sur le moment. Comme là.

Je suis venue dans cette émission intimidée, mais très euphorique et heureuse de pouvoir parler de mon expérience. Je suis partie déçue, triste, franchement désolée de la tournure des échanges. Je suis arrivée dans l'espoir que certaines idées puissent être entendues, comprises, ressentir une certaine adhésion. Je n'ai pas eu ce plaisir, bien au contraire. Mon principal opposant avait malgré tout parfaitement raison sur un point. La majorité des gens n'a pas conscience de l'urgence et n'est pas prête à faire évoluer son mode de vie. Ça me rend profondément inquiète.

Il était tard, mais je n'ai pas regretté d'avoir refusé la chambre d'hôtel parisienne proposée par la production. Reprendre vite le train, rentrer chez moi. Être de retour à temps pour participer aux préparatifs du week-end. Ça oui, ça me remontait le moral. Et pas qu'un peu ! Ce moment serait tellement plus agréable que ma présence dans cette émission.

Une fois tous les deux mois, c'est la fête au village.

On se regroupe à une quinzaine, on réunit notre petit comité d'organisation très soudé. On ferme les quatre axes routiers menant à la place centrale, on installe des tonnelles, de grandes tables, on scrute la météo, prépare à manger pour les quelques cinq-cents convives qui participent au repas. La place du village se transforme en guinguette géante. On y prévoit des activités ludiques pour grands et petits, tout se passe en face du bar-restaurant de Blazac. Du vendredi midi au dimanche soir, un seul mot d'ordre, s'amuser, ensemble.

Le week-end prochain, comme chaque fois, on s'y retrouvera tous. Tous ceux qui ont participé à la renaissance du village, en compagnie des habitants de la commune, nouveaux, anciens, jeunes, vieux, tous joyeusement mélangés. Ce sera le moment de sacrées rigolades, de grandes discussions. La plupart d'entre nous, même les plus prudents, auront trop d'occasions de trinquer, repayer les tournées des autres reçues, pour en sortir indemnes. Mais comme à chaque fois, uniquement dans la joie et la bonne humeur.

Moi, comme d'habitude, je prendrai un plaisir immense à tout observer. Comme pour m'imprégner de tous ces moments, comme pour me nourrir de tous ces témoignages d'amour, d'amitié, d'affection franche et sincère. J'apprécierai chaque seconde, chaque moment de partage et d'émotion intense. Et ce, dès le début, le vendredi midi.

J'imagine déjà Béné arrivant au bras de Diego. Jules et Sophie partant sur une tournée de bises qu'y n'en finit plus faute d'être arrivés assez tôt. Le docteur, dont le crâne rasé par Sandrine rappelle le pari perdu quelques jours avant au bar, tout sourire, acceptant les moqueries que ne manque pas de provoquer son nouveau look. Hélène trinquant avec monsieur Signat, lui donnant vraisemblablement les nouvelles du petit croisé aux airs de Lucky, récemment adopté. Fred et le fils du restaurateur lançant un « cul sec ! » viril en l'honneur de leur équipe de foot favorite, malheureusement défaite dans la soirée.

Je ne louperai rien de ce fou rire de Diego et de ses partenaires de basket, victorieux cet après-midi, d'un match auquel beaucoup de personnes présentes ce week-end ont assisté comme de véritables supporters, tambours et trompettes à l'appui. Je ne manquerai pas plus l'émouvant câlin de Corinne à Éric devenu son mari, et profitant de ce week-end pour venir passer un moment dans leur maison secondaire située dans un endroit calme du village. Leur fille, hilare, sur les épaules de parrain Jules. Son pote Julien flirtant avec la jeune institutrice fraîchement débarquée au village pour remplacer une collègue en congé maternité. Cette double bise reçue de mes enfants, ces rocks endiablés, et puis cette invitation à danser que je n'osais plus espérer de monsieur Signat. Peut-être même que j'entendrai l'accent formidable de Mad raconter une histoire qui ne manquera pas de faire mourir de rire toute l'assistance, et son complice, Mitch, nous gratifiant de son rire inimitable. Je crois que tout le monde se croisera, au moins s'effleurera, se sourira à un moment ou à un autre. La plupart parleront à tous, riront, trinqueront, pleureront aussi, rattrapés par les émotions.

Tout le monde rayonnera au milieu de tous les autres habitants du village, joyeux et hilares eux aussi. Les enfants joueront, courront, souvent timides au départ, irrattrapables ensuite. Eux aussi pleureront parfois, de petits bobos vite réparés à coup de bisous bienveillants. La soirée succédera à l'après-midi, puis la nuit laissera la place au petit matin. Le lieu deviendra désert pour peu de temps. Les premiers couchés seront les premiers revenus pour un petit déjeuner tardif, puis chacun à son rythme, se succédera jusqu'au dimanche soir et le rituel chant de départ où tout le monde se retrouve. Le chant, c'est notre hymne. On l'a inventé ensemble. On le connaît tous par cœur et quand on s'y met tous, bras dessus, bras dessous, ça file des frissons, croyez-moi ! Après, c'est fini jusqu'à ce que ça recommence. Dans deux mois, le premier week-end, sans faute ! Vivre ces moments, observer les uns et les autres s'amuser, rire, partir dans de grandes accolades, c'est un tel bonheur !

J'ai maintenant soixante-quatorze ans. On est début 2019. Voilà quinze ans que je suis installée ici. Je suis une jeune grand-mère à la retraite. Je suis très active. Je promène souvent Lucke, un des petits de Lucky, je m'occupe de mes petits-enfants. Je suis bénévole dans les trois secteurs de l'association du village, au club de basket aussi. Les journées ne sont pas assez longues.

Ça fait quatorze ans que Béné est revenue, a retrouvé ses racines. Elle a aujourd'hui cent ans et vit toujours chez elle.

Voilà deux ans que Beb nous a quittés. Luke a un frère et une sœur, tous deux adoptés par monsieur Signat. On se promène souvent ensemble et je suis certaine qu'un jour, il me déclarera sa flamme.

Diego a maintenant trente et un ans. Il vit toujours ici, a fondé une famille, travaille comme éducateur au foyer qui l'a accueilli, sauvé, pour ainsi dire, et ne souhaite partir pour rien au monde. Sa compagne est enceinte. Le bébé et Béné auront cent ans d'écart. Elle veut absolument avoir le temps de le connaître. Ça devrait aller, elle est encore en forme.

Fred et Hélène, également installés ici, reviendront bientôt de leur voyage d'une année autour du monde avec leurs deux enfants de quinze et douze ans. Fred s'occupera du centre sportif, Hélène retrouvera son poste d'assistante sociale, à mi-temps au foyer d'accueil pour les jeunes, à mi-temps pour l'association de maintien à domicile des personnes âgées.

Jules et Sophie, plus casaniers, vivent heureux dans le village. Ils ont trois enfants de quatorze, douze et neuf ans. Jules dirige le foyer pour jeunes. Sophie est institutrice dans l'école du village.

Sandrine travaille toujours au salon de coiffure et Alexandre s'occupe du magasin bio de vente directe des produits du terroir. Leur fille a maintenant quatorze ans et son petit frère, douze.

Les petits vont à l'école du village. Les ados prennent le bus tous ensemble pour aller en secondaire dans la petite ville voisine. Ils forment une sacrée bande !

Monsieur Marton, réélu systématiquement, est toujours un maire aussi attentionné et attaché à son village et ses habitants.

Les commerces et services fonctionnent bien. Le cabinet médical a accueilli un kinésithérapeute pour compléter son équipe.

Les générations se succèdent maintenant dans ce village ressuscité. Nous sommes tous liés par ce fil invisible de l'appartenance à cet endroit où il fait si bon vivre.

Le temps est passé. J'ai alterné entre les moments heureux, ceux de notre petit microcosme et des moments malheureux, dès que j'observais l'évolution du monde aux frontières du village.

Fin 2019, je suis morte, trop tôt à mon goût, d'un cancer foudroyant. Chez moi, dans le calme, au milieu des miens. Je m'étais longtemps demandé comment passer le message, faire comprendre à d'autres les rouages de ce bonheur simple, mais le plus intense qui peut nous être proposé. J'y suis parvenue pour mes proches, mais malheureusement, ce chemin est généralement ignoré par le plus grand nombre. Si l'évolution du village est une réussite, celle du monde ne se fait pas comme je l'espérais. On a essayé de réagir à petite échelle devant l'urgence, mais vu l'état de notre planète et l'état d'esprit général de ses habitants, je ne peux que faire ce désolant constat. Aujourd'hui, il est beaucoup trop tard ! Enfin, une année à la fois ! Souhaitons déjà que 2020 soit une belle année, sans complication particulière…

Chapitre 21 : Dernier rappel

— Maman, je pars aux États-Unis, mais quatre ans, pas plus ! Et je reviens, car je sais que d'ici là, t'auras lancé ton projet. (Fred)

— Bon, les gars, ma décision est prise ! Je rejoins ma mère et mon frère. (Jules)

— Madame Flouet ! J'ai une bonne nouvelle ! Une place se libère dans une petite maison médicalisée dans votre village. (Béné)

— Bon, cette fois, ça suffit ! Je ne te garde pas. Tu seras placé dans un énième foyer. Quand tu les auras épuisés, tu continueras en prison, j'imagine. (Diego)

— Allo ! On vient de recueillir un chien dans un sale état. Vous auriez une place pour lui ? (Beb)

— Je veux changer de vie. Un jour, je ferai revivre un village mort. (Jeanne)

— Je suis beau, accueillant et je veux que ça se sache (Jeanne).

— J'ai bien réfléchi, je ne veux pas que tu quittes ton job pour moi. Tout ça pour développer un magasin qui ne marchera sûrement jamais. (Alexandre)

— Je ne quitte pas mon job pour moi, je le quitte pour nous ! Pour nous donner une chance d'être heureux. (Sandrine)

— Allo ! Quoi, il est deux heures du matin ? Ah, désolé, c'est pour te dire que tu nous manques trop ! On a pris un billet d'avion, on arrive ! (Mad et Mitch)

— Alors, c'est décidé, tu pars là-bas ? (Corinne)

— On viendra te voir. (Éric)

— Appelle-nous quand t'arrives. (Julien)

— J'ai rendez-vous avec une dame cet après-midi, au sujet d'un projet de relance du village, on verra bien ! (Monsieur Marton)

— Le chien est sauvé ! (Monsieur Signat)

— Bon, finalement, on intègre des tribunes pliables à la salle de basket ou pas ? (Monsieur Goinfran)

Ce livre est dédié à Jeanne, Diego, Béné, Beb, Fred, Hélène, Jules, Sophie, Sandrine et son mari, monsieur Signat, monsieur Goinfran, monsieur Marton, à Blazac et ses habitants, Corinne, Julien, Éric, Mad, Mitch. Tous existant réellement, bien évidemment, et pas que dans mon imagination.

Puissent-ils se multiplier, se rencontrer au maximum et sauver ce qui peut l'être encore !

www.weblim.fr
163 rue de Solignac 87000 Limoges
Dépôt légal : 3T 2020
ISBN : 978-2-919277-34-6
Photo de couverture : Dimitris Vetsikas

Contact et commandes chez l'auteur :

Mail : ydmaintendue@gmail.com
Facebook : Duquesne Maintendue
Instagram : yves.duquesne.auteur

Achevé d'imprimer :
septembre 2020
COPYMÉDIA
www.copy-media.net
Avenue de Guitayne - 33610 CANÉJAN
IMPRIM'VERT
imprifrance
Imprimé sur papier **Clairefontaine** fabriqué dans les Vosges.